하울의 식탁과 달걀 프라이

하울의 식탁과 달걀 프라이

음식으로 만나는 지브리 세계

ⓒ 무비키친 2025

초판 1쇄	2025년 12월 24일		
지은이	무비키친		
출판책임	박성규	펴낸이	이정원
편집주간	선우미정	펴낸곳	도서출판 들녘
기획이사	이지윤	등록일자	1987년 12월 12일
편집진행	김혜민	등록번호	10-156
디자인진행	조예진	주소	경기도 파주시 회동길 198
편집	이수연·이동하	전화	031-955-7374 (대표)
경영지원	나수정		031-955-7389 (편집)
제작관리	구법모	팩스	031-955-7393
물류관리	엄철용	이메일	dulnyouk@dulnyouk.co.kr

ISBN   979-11-5925-990-6(03810)

하울의 식탁과 달걀 프라이

음식으로 만나는 지브리 세계

글·그림
무비키친

들녘

일러두기

1. 본문에는 영화의 주요 전개와 결말에 관한 내용이 일부 포함되어 있습니다.
2. 애니메이션 및 예술 작품은 〈 〉, 신문 및 잡지는 《 》, 단행본은 『 』로 표기했습니다.
3. '만드는 방법'은 편의를 위해 집에서 흔히 사용하는 어른 밥숟가락을 기준으로 계량하였습니다. '1숟가락'은 밥숟가락 하나를 평평하게 채운 정도의 분량을 의미합니다. '컵'은 일반 종이컵(200ml) 기준입니다.
4. 일본어 표기는 문화체육관광부 국립국어원 외래어 및 외국어 표기법을 따랐습니다. 일부 인물명 등은 통용 표기에 가까운 표현으로 기재했습니다.

목차

애니메이션과 음식이라는
두 세계가 맞닿은 자리에

첫째 아이가 초등학교 1학년, 둘째 아이가 만 3세가 되던 그해 겨울, 둘 중 하나라도 초등학생이 되면 숨 좀 돌릴 수 있지 않을까 생각했다. 그런데 겪어보니 그게 아니더라. 첫째를 임신했을 때부터 꼬박 8년을 엄마로만 살았다. '엄마'로 사는 건 어렵긴 해도 기쁨과 보람이 따라오는데, '엄마로만' 사는 것은 그렇지 않았다. 엄마로만 살다 보니 내가 누군지 혼란스러웠다. 정체성이 부너시는 것 같았다. 나는 자신이 응급 상태에 처했음을 느꼈고, 빠르게 결정해야 했다.

"어떤 것이라도 좋으니 (육아와 집안일을 제외한) 일을 하자!"

그렇게 나는 유튜버가 됐다. 갑자기 무슨 전개

요? 할 수 있겠지만, 내가 유튜브를 시작한 데는 나름대로 타당한 이유가 있었다.

첫째, 아이 돌봄과 일을 병행할 수 있어야 한다.

둘째, 내가 가지고 있는 기술을 활용할 수 있어야 한다.

셋째, 특별한 자격 없이도 당장 할 수 있어야 한다.

이 세 가지 항목에 딱 들어맞는 직업은 유튜버뿐이라고 생각했다. 마침 내가 이런 생각을 했던 당시인 2019년은 유명 유튜버들이 대중매체에 얼굴을 드러내기 시작한 시기였다. 평소 유튜브를 즐겨보지 않았던 나에게 그들의 존재와 하는 일은 호기심의 영역이었다.

호기심…! 늘 호기심이 문제, 아니 나를 이끌어 왔다. 만약 유튜브 생태계를 제대로, 자세히 공부했다면 이 길을 선택하지 않았을 수도 있다. 하지만 나는 유튜브가 뭔지, 유튜버는 무엇을 하는 사람인지 잘 몰랐고, 그래서 별 고민 없이 시작할 수 있었다. 무비키친은 이런 시시한 이유로 시작되었다.

무언가를 새롭게 시작하니 도파민, 테스토스테론, 세로토닌, 아드레날린 같은 호르몬과 신경전달물질들이 마구 솟구쳐 올랐다. 그래서 별 성과가 없는 기간도 재밌게 버틸 수 있었다. 2019년 2

월 13일에 첫 영상을 올렸고, 그해 4월까지는 그저 평범한 요리 영상을 업로드했다. 본격적으로 영화 음식을 만들고 영상을 올리기 시작한 건 5월부터였다. 일단 시작했고, 하다 보니 자연스럽게 내가 더 좋아하는 콘텐츠를 찾게 되었다.

무비키친 채널 초창기에는 영화에 관해 하고 싶은 말이 많았고, 영화에 나오는 음식들에 좀 더 많은 의미를 담아내고 싶어서 영화 리뷰와 영화 음식 요리 영상을 동시에 올렸다. 지금 생각해보면 그때만큼 영상에 공을 들인 적이 있었나 싶다. 영화를 보고 또 보고, 캐릭터의 마음에 내 마음을 이입하고, 그들이 먹는 음식에 주목하고 의미를 담아내는 과정은 무기력했던 내게 만족감과 효능감을 주었다. 이때도 유튜버로서 별 성과는 없었지만, 그것과 별개로 나는 살아나고 있었다. 그리고 그해 12월, 무비키친은 구독자가 무려 1,000명인 채널이 되었다.

이후로는 영화, 애니메이션, 드라마, 책을 넘나들며 음식을 만들기 시작했다. 만들어야 할 음식들과 하고 싶은 말들이 차고 넘쳤다. 앞으로 만들고 싶은 음식 목록을 공책에 빼곡히 적어두니 꼭 부자라도 된 것처럼 마음이 풍요로웠다.

이상하게도 무비키친 구독자들은 대체로 착하고 순하다. 댓글을 읽어보면 안다. 익명성 가득한 공간에서 평소엔 차마 꺼낼 수 없었던 진짜 자신을 필터 없이 꺼낸 이들, 무비키친 구독자들의 마음은 예뻤다. 내 영상을 보고 '힐링된다.'고 하는 구독자들을 보며 오히려 내가 치유되었다. 치유된 마음으로 만드는 영상은 다시 보는 사람들을 치유했다. 이런 것이 바로 선순환 아니겠는가.

특히 지브리 작품들은 내게 많은 것을 선물해주었기 때문에 인생에서 빼놓을 수 없는 이야기가 되었다. 영화를 만든 사람들의 이야기, 영화 속 캐릭터 이야기, 영화 속 음식 이야기까지. 실제로 감각할 수 없는 것들은 나의 현실로 쑥 들어와 내가 만지고 맛보고 느끼고 감각하는 모든 것에 영향을 끼쳤다. 누가 알았겠는가. 내가 지브리 음식 이야기로 책을 쓰게 될 줄 말이다.

이 책엔 영화를 만든 사람의 의도나, 장면 해석이나, 영화 리뷰는 담겨 있지 않다. 대신 내가 상상하고 만들어낸 지브리가 담겨 있다. 나의 세계 안에서 이해한 지브리의 수많은 캐릭터, 주체할 수 없는 나의 식욕과 상상력이 섞여 탄생한 음식들을 꾹꾹 담아냈다.

『하울의 식탁과 달걀 프라이』는 단순히 레시피를 모은 요리책이 아니다. 한 장면에서 떠오른 냄새, 한 대사 속에서 느껴진 온기를 조금씩 끓이고 굽고 식히며, 나만의 언어로 옮겨 담은 기록이다.

누군가에겐 애니메이션이, 누군가에겐 음식이 먼저 다가올 수 있겠다. 하지만 이 책을 덮을 때쯤엔, 그 두 세계가 맞닿은 자리에 '이야기'라는 온기가 남아 있기를 바란다. 지브리를 사랑하는 사람도, 요리를 사랑하는 사람도 잠시나마 나와 같은 자리에 앉아 온전히 충만해지길…!

1
상상할 때
비로소 맛있는,
치코 열매

바람의 계곡 나우시카(1984)

구기자 꽃과 열매가 이렇게
예쁠 줄이야

원제: 風の谷のナウシカ, Nausicaä of the Valley of the Wind
감독: 미야자키 하야오
일본 개봉일: 1984. 3. 11.
국내 개봉일: 2000. 12. 30.
상영시간: 117분
원작·각본: 미야자키 하야오
배경: 전쟁 후 과학 문명이 붕괴한 먼 미래, 인류는 '일곱 날의 불' 이후 오염된 숲에서 살아간다. 음식과 식물은 단순한 생존 수단을 넘어 인간과 자연의 관계를 드러내는 요소로 등장한다.
주요 등장인물: 나우시카, 유파(검객), 아스벨(페지테 전사), 크샤나(토르메키아 황녀), 오무(거대한 곤충)

스튜디오 지브리가 탄생하기 전, 미야자키 하야오 감독의 지휘 아래 만들어진 〈바람의 계곡 나우시카〉는 지브리를 탄생시킨 개국공신과 같은 작품이다. 이 영화의 원작 만화는 미야자키 하야오가 《아니메쥬》[1]에 연재했던 작품이었다. 연재 도중 극장판 애니메이션으로 제작되면서 그때까지 연재되었던 분량, 미리 구상해두었던 앞으로의 전개 내용, 타카하타 이사오(高畑 勲, 1935~2018)[2]와 스즈

---

1 도쿠마 쇼텐이 발행하는 애니메이션 잡지. 1978년부터 발행한 현존하는 애니메이션 잡지다.

2 스튜디오 지브리 공동 설립자이자 애니메이션 감독이다. 대표작으로 〈반딧불이의 묘〉〈추억은 방울방울〉〈가구야 공주 이야기〉 등이 있다.

키 토시오(鈴木敏夫, 1948~)[3]가 권유한 결말을 더해 만들어졌다. 원작 만화는 영화가 제작된 이후에도 연재되어 무려 13년 만에 완결되었다. 애니메이션과 같은 세계관을 가지고 있지만 (거의) 모든 면에서 별개의 작품이라고 생각해야 한다.

〈바람의 계곡 나우시카〉에는 미야자키 하야오의 사상과 가치관이 담겨 있다. 환경오염, 자연과 인간의 대립, 제국주의와 패권주의에 대한 비판적 시각이 엿보인다. 특히 프랭크 허버트(Frank Herbert, 1920~1986)의 SF 소설 『듄Dune』 시리즈에서 많은 영향을 받았다고 알려져 있다. 생태계와 환경 문제를 다룬 것부터 오무(おむ)[4]를 연상하게 하는 샌드웜sandworm 등 여러 설정이 유사하다. 무엇보다 주인공을 메시아적 존재로 그려낸 점이 매우 비슷하다. 나는 파괴된 미래를 배경으로 하는 작품을 피하는 경향이 있다. 곧 도래할 수도 있다는 생각이 들기 때문이다. 게다가 공동체를 위해 주인공이 기꺼이 희생하고, 한 사람의 힘으로 평화를 얻게 되는 이야기라니. 이 영화는 내가 달가워하지 않는 요소들로 가득하다.

---

3 스튜디오 지브리 대표이사이자 프로듀서로 〈코쿠리코 언덕에서〉를 프로듀싱, 〈센과 치히로의 행방불명〉〈모노노케 히메〉〈고양이의 보은〉 등을 제작했다.

4 콩 벌레처럼 생긴 거대한 괴물.

족장의 딸, 공주 나우시카

500명 남짓 되는 주민이 함께 살아가는 바람 계곡. 끊임없이 투쟁하며 살아야 했던 족장의 딸 나우시카는 무기를 다루는 것부터 생존 기술까지 흠잡을 데 없는 능력자다. 육체적 기량뿐만 아니라 정신적 기량도 뛰어난 나우시카는 주변의 모든 종種에 사랑과 연민을 가진 인물이다. 그중에서도 특히 뛰어난 점은 어떤 종과도 소통할 수 있다는 부분이다. 난폭해진 벌레도 그녀 앞에서는 분노를 누그러뜨렸고, 오무조차도 그녀를 아끼는 마음으로 그녀가 위기에 빠질 때마다 도움을 주곤 했다. 그 밖에도 나우시카에게는 인간을 사로잡는 카리스마가 있었는데, 바람 계곡 사람들뿐 아니라 바람 계곡을 침공한 군사 제국 토르메키아 병사들마저도 그녀를 추앙하여 목숨을 바치겠다며 나설 정도였다. 게다가 나우시카는 소통 능력이나 사랑 이외에도 지성과 결단력, 진실함 등의 자질도 가지고 있는 인물이었다. 생존을 위해 매일 투쟁과 같은 삶을 사는 사람들에게 그녀는 그야말로 메시아적 존재였다.

인간에 대한 판타지가 주는 허무

흠잡을 데 없는 리더가 공동체를 위해 목숨까지 내놓는 설정은 현재를 살아가는 사람들에게 정말 열광할 만한 이야기일지도 모른다. 미래가 보이지 않아 살아가기 힘든 상황에서 사람들은 자신을 구해줄 무언가를 꿈꾸거나, 세상은 절대 달라지지 않을 것이라 단정하며 의미 없이 버티는 삶을 선택한다. 이 영화 속 인물들은 전자를 택했다. 자신들을 어둠에서 구해줄 지도자, 구원자를 기대했고 마침 그들에게는 그들의 기대에 부합하는 나우시카가 있었다. 나우시카 같은 메시아급 영웅이 과연 세상에 존재할까? 이에 대해 깊이 고민해본 적이 있다. 인간 역사를 되짚어봤을 때, 그런 **완전한 리더**는 어느 시대에서도 찾아볼 수 없었다. 아마 앞으로도 그런 리더는 나오지 않을 것 같다. 이것이 내가 '인간에 대한 판타지'를 좋아하지 않는 이유다. 현실을 살아가는 내게 이러한 판타지는 부해腐海[5]의 독기와 같은 것이다. 정말 우리의 삶에는 우리가 기대하는 영웅이 필요할까? 우리는 그런 영웅에 의해 구원받아야 할까? 영웅 없이도 서로가 서로의 구원이 되어줄 수는 없는 걸까?

바람 계곡에서만 나는 과실

〈바람의 계곡 나우시카〉에는 많은 사람이 나오지만 사람이 조리한 음식은 나오지 않는다. 곤충과

---

5 〈바람의 계곡의 나우시카〉에 등장하는 거대한 독성 숲. 균류와 거대한 곤충들이 서식하며, 인간에게는 치명적인 독기를 내뿜는다.

곰팡이만 잔뜩 등장한다. 먹을 수 있는 것으로는 바람 계곡에서 나는 과실인 치코 열매 뿐이다. 치코 열매는 영양분이 풍부하지만, 맛이 매우 쓴 것으로 묘사된다. 사실인지는 모르겠지만 치코 열매의 맛과 모양이 구기자 열매를 모티브로 했다는 소문이 있어 많은 지브리 팬이 구기자 열매를 직접 먹어봤다고 한다. 나도 그 소문을 듣고 말린 구기자 열매를 먹어봤는데, 치코 열매와 모양만 유사한 게 아니라 **입에는 쓰고, 몸에는 좋은** 점까지 아주 비슷했다. 팬들 사이에 돈 소문이 헛소문은 아닌 모양이다.

아스벨이 치코 열매를 먹고 인상을 찡그리는 장면만 봐도 이게 얼마나 맛없는지 알 수 있으니, 괜히 이 글을 보고 궁금해서 구기자 열매를 씹어 먹어보는 일은 하지 않길 바란다. 치코 열매는 우리의 상상 속에만 남겨두자.

2
햄과 스튜, 그리고 전설이 된 달걀 토스트

천공의 성 라퓨타(1986)

비프 스튜라서 '고기'가 가장 중요해 보이지만
역시 '다른 재료'가 없다면 스튜가 될 수 없어

원제: 天空の城ラピュタ, Laputa: Castle in the Sky
감독: 미야자키 하야오
일본 개봉일: 1986. 8. 2.
국내 개봉일: 2004. 4. 30.
상영시간: 124분
원작·각본: 미야자키 하야오
배경: 19세기 말에서 20세기 초, 산업혁명 시대로 추정. 광산 마을 사람들의 소박한 식탁과 권력자들의 호화로운 식사가 대비되어 음식을 통해 계급 차이를 볼 수 있다.
주요 등장인물: 시타, 파즈(광산 소년), 도라(해적단 두목), 무스카(정부 요원)

스튜디오 지브리의 공식적인 첫 작품.〈천공의 성 라퓨타〉는 감독 미야자키 하야오가 어린 시절 읽었던 책『걸리버 여행기』『보물섬』『사막의 마왕』등에서 모티브를 얻어 만든 영화다.〈천공의 성 라퓨타〉의 줄거리는 아주 간단하다. '파괴왕인 인간이 자신이 가진 보물만으로는 부족해 하늘에 떠 있는 제국, 라퓨타의 보물까지 파헤친다. 그것도 모자라 라퓨타의 비행석을 차지해 과거 라퓨타가 지녔던 힘을 부활시켜 온 세계를 지배하려고 한다. 주인공들은 이를 막기 위해 고군분투한다.'는 내용이다. 이렇게 요약하고 보니 엔딩을 제외하고는 현실 세계에서도 자주 볼 수 있는 이야기라 별로 새로울 건 없다는 생각이 들었다. 우리가 사는 세상엔 **파괴왕**들이 드글드글하니까 말이다.

위에서 말했듯 이 영화는 주인공들의 활약으로 파괴왕을 물리치고 평화를 이루며 끝을 맺는다. 하지만 곰곰이 생각해보면, 시타[6]와 파즈[7]만으로는 파괴왕을 상대하는 것이 불가능했을지도 모르겠다.[8] 솔직히 도라 해적단이 없었다면 싸움에서 승리하기 어려웠을 것이다.

해적 도라

〈천공의 성 라퓨타〉의 주인공은 시타이지만 나는 해적 도라에 관한 이야기부터 하고 싶다. 누구나 자신이 선호하는 인간상이 있기 마련인데, 솔직히 시타는 내가 특별히 애정을 느끼는 캐릭터가 아니다. 너무 착하고 친절해서 마치 현실에서는 존재하지 않을 것 같은 느낌이랄까.

영화 초반에는 해적 도라의 탐욕적인 모습이 두드러진다. 라퓨타의 보물을 차지하려고 시타를 납치하거나 파즈를 괴롭히는 등 자신의 이익을

---

6 〈천공의 성 라퓨타〉 여주인공. 신비한 푸른 목걸이를 지닌 소녀로, 하늘에 떠 있는 전설의 성 '라퓨타'의 후손이다.

7 〈천공의 성 라퓨타〉 남주인공. 광산 마을에서 일하는 소년으로, 하늘의 성을 찾아 나서며 시타와 함께 모험을 떠난다.

8 공식자료에 시타와 파즈의 나이는 나와 있지 않지만, 여러 해설 커뮤니티와 팬들 사이에서 시타는 일반적으로 12~14세, 파즈는 13세 전후로 추정한다.

위해 움직이는 전형적인 해적의 모습이다. 하지만 시타를 구하기 위해 찾아온 파즈의 호소를 듣고는 그때부터 그들을 돕기 시작한다. 나는 도라가 갑자기 삶의 방향을 바꾸어 이들을 도왔다고 생각하지 않는다. 단순히 파즈와 이해관계가 맞았기 때문에 협력했을 가능성이 크다.

해적 도라는 이기적이지만 그렇다고 완전히 자기밖에 모르는 사람은 아니었다. 자신의 이익을 우선순위에 두긴 하지만 필요할 때는 타인을 위해 행동할 줄 아는 사람이었다. 정부 요원이자 최대 빌런인 무스카처럼 오직 개인의 탐욕을 위해 어떤 대가도 개의치 않는 부류와는 확실히 다르다.

내가 도라 같은 인간을 높게 평가하는 이유는 단순하다. 평소에는 자기 이익을 중심으로 살아가지만 결정적인 순간에는 자신에게 익숙한 삶의 방식을 내려놓고 모두를 위한 선택을 할 줄 아는 사람이기 때문이다. 아마 그녀는 시타, 파즈와 헤어진 뒤에도 여전히 해적으로 살아갔을 것이다. 하지만 언젠가 또다시 중요한 순간을 맞이하게 된다면 주저 없이 나설 사람이기도 하다. **나를 위해 살지만, 나만을 위해 살지 않는 사람.** 나는 그런 사람이 좋고 나 또한 그렇게 살고 싶다.

해적 도라가 먹는 크고 두꺼운 햄

〈천공의 성 라퓨타〉로 시작해 〈그대들은 어떻게 살 것인가〉까지 지브리 영화 속에는 정말 맛있어 보이고 꼭 먹어보고 싶은 음식이 빠짐없이 등장한다. '지브리'라는 단어를 검색해보면 '지브리 OST' '지브리 5대 미남(?)' '지브리 음식'이라는 연관 검색어가 항상 따라붙는다.

만화 속에 등장하는 고기들은 대체로 크기가 과장되어 있고, 외형은 매우 독특하다. 손으로 들고 뜯어먹어야 할 만큼 큼직하고, 보는 것만으로도 원시적인 식욕을 자극하는 스타일이다. 해적 도라가 먹었던 음식도 그런 **만화스러운** 비주얼을 가지고 있다. 나이가 많아 치아가 부실했던 도라도 문제없이 뜯어먹을 수 있었던 걸로 보아, 이 음식은 고기라기보다는 햄에 가까운 음식이 아닐까 추측한다.

도라가 먹었던 음식과 비슷한 것이 있는지 찾아보니 현실에서도 만화스러운 모양의 햄을 쉽게 찾아볼 수 있었다. 돼지고기를 장기간 숙성해 만든 생햄을 자르지 않은 상태로 먹는다면 도라가 먹었던 것과 아주 비슷할 것 같다. 언젠가는 나도 먹어볼 생각인데 크기도 너무 크고 가격도 부담스러워서 차일피일 미루고 있다. 이런 음식에 관심을 둔 사람이 주변에 있다면 공동구매라도 해

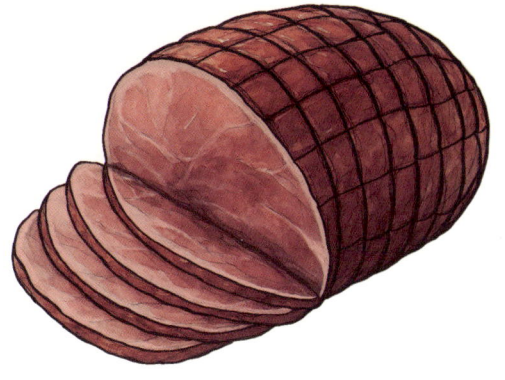

봐야 하나 싶기도 하다. 공동구매를 연다면 공동
구매자들이 모일까…?

비프스튜

비프 스튜는 주인공 시타가 해적 비행선에서 만
들었던 음식이다. 큼지막한 채소와 고기가 듬뿍
들어 있으며, 토마토 덕분인지 색감도 밝고 경쾌
하다. 요리를 좀 해본 사람이라면 알겠지만 그렇
게 많은 양의 스튜를 계속해서 휘젓는 일은 꽤 힘
이 드는 작업이다.

　작중에서 시타의 정확한 나이는 나오지 않지
만, 나이에 비해 요리 솜씨가 능숙해 보였다. 아마
도 오랜 시간 가족 없이 혼자 지냈기 때문이 아닐
까 싶다. 해적들에게 붙잡힌 상황에서도 방실방실
웃으며 친절함과 침착함을 잃지 않는 시타는 왠

지 가엽고 짠하다. 이건 좀 딴소리지만 도라의 (아저씨로 추정되는) 아들들이 시타가 요리하는 모습을 보며 침을 흘리는 장면은 정말 공포스러웠다. 양심이 있어야지, 양심이.

비프스튜 만들기

재료(4~5인분): 소고기 500g(기름이 적은 부분), (큰) 감자 1개, (작은) 양파 1개, 당근 1/2개, 양송이 한줌, 마늘 6개, 월계수 잎 2장, 타임 2~3줄기(다른 허브로 대체 가능), 토마토 홀 400g, 토마토 파스타 소스 1컵, 레드와인 2.5컵, 고형 치킨스톡 1개, 버터 2숟가락, 밀가루 2숟가락, 소금, 후추, 설탕

① 소고기는 큼직하게 깍둑썰기한 후 소금, 후추로 밑간한다.

② 밑간한 소고기에 밀가루를 뿌려 고루 버무린다.

③ 양파는 사각으로 썰고, 마늘은 얇게 저민다. 당근과 감자는 큼직하게 썰어 모서리를 돌려 깎아 동그랗게 다듬고, 양송이버섯은 반으로 자른다.

④ 달군 냄비에 버터를 녹이고 양파, 마늘을 넣어 마늘 향이 올라올 때까지 볶아준다.

⑤ 소고기 겉면이 익을 때까지 볶다가 당근, 감자, 양송이버섯을 순서대로 넣어 볶아준다.

⑥ 레드와인, 고형 치킨스톡, 토마토 홀, 토마토 파스타 소스, 월계수 잎, 타임을 넣고 약불에서 1시간 정도 끓인다.

⑦ 간을 보고 부족하면 소금과 후추를 추가하고, 감칠맛을 더하고 싶다면 설탕을 약간 넣는다.

달걀 프라이를 얹은 빵

지브리 팬 사이에서 늘 회자되는 이 음식은 단순히 맛있어 보여서가 아니라, 만드는 방식과 먹는 방식이 독특해서 더 유명해진 것 같다. 특히 파즈가 달걀 프라이를 만드는 장면은 현실적으로 가능한지 아닌지를 두고 많은 논란(?)을 불러일으켰다. 나는 이 장면에 유독 집착하는 편인데, 덕분에 멀쩡하게 만든 반숙 달걀 프라이의 노른자를 터뜨린 적이 한두 번이 아니다. 도대체 파즈는 어떻게 노른자를 터뜨리지 않고 반으로 나눌 수 있었을까? 너무 쉬워 보여서 왠지 나도 할 수 있을 것 같아 생각날 때마다 도전해보지만, 매번 실패하고 있다. 열 번 시도하면 열 번 다 실패하면서도 언젠가는 성공할 것만 같은 기분이 드는 건 도대체 무엇 때문일까?

또한 시타와 파즈는 미스터리한 방식으로 만든 달걀 프라이를 빵 위에 얹은 뒤에, 독특하게 먹는다. 보통 빵 위에 무언가를 올리면 함께 먹기 마련인데, 그들은 토스트를 손에 들고 아주 귀여운 얼굴로 "호로록 호로록" 소리까지 내며 달걀 프라이만 쏙 빼먹는다. 어쩌면 빵은 그저 접시 역할을 위한 것이었을지도 모르겠다. 혹시 특별한 이유가 있을까 싶어 따라 해봤지만 역시 별다른 건 없었다.

3
달콤함 대신 눈물이 담긴, 사쿠마식 드롭스

반딧불이의 묘(1988)

세상에는 즐거운 음식도 있고
괴로운 음식도 있는 법

원제: 火垂るの墓, Grave of the Fireflies
감독: 타카하타 이사오
일본 개봉일: 1988. 4. 16.
국내 개봉일: 2007. 3.(대원방송 애니박스 방영), 2014. 6. 19.(공식 개봉)
상영시간: 89분
원작·각본: 노사카 아키유키(원작), 타카하타 이사오(각본·감독)
배경: 제2차 세계대전 말기인 1945년 일본. 음식은 전쟁으로 인한 기아와 생존을 극명하게 드러내며, 사쿠마식 드롭스(사탕)는 주인공 아이들의 삶과 죽음을 상징한다.
주요 등장인물: 요코카와 세이타(세츠코의 오빠), 요코카와 세츠코(세이타의 동생), 아주머니(세이타의 친척)

〈반딧불이의 묘〉는 태평양 전쟁 시기를 살아간 한 남매의 이야기를 담고 있다. 전쟁의 참혹함 속에서 어린 동생과 함께 살아내야 했던 한 소년의 이야기에 초점이 맞춰졌기 때문에 (일본인) 아이들이 전쟁의 피해자로 그려진다. 그래서 영화 자체에 불편함을 느끼는 한국인이 꽤 많았다. (그래서인지 넷플릭스 코리아에서 지브리 영화를 공개한 후 한참이 지난 2024년 9월에야 〈반딧불이의 묘〉가 공개되었다.) 개인적으로는, 누구든 이 영화를 한 번만이라도 제대로 본다면 그런 불편함이 해소될 거라고 생각한다. 물론 불편한 감정을 이해하지 못하는 건 아니다. 오랜 시간이 흘러도 좀처럼 치유되지 않는 것들은 존재하고, 역사 속에서 여전히 해결되지 못한 부분을 안고 살아간다는 것은 실로 괴로운 일이기 때문이다.

〈반딧불이의 묘〉는 동명의 소설을 원작으로 한 작품이다. 소설『반딧불이의 묘』(1967)[9]를 쓴 노사카 아키유키(野坂 昭如, 1930~2015)는 이 소설이 실제로 자신이 겪은 이야기라고 밝혔다. 그의 인터뷰를 살펴보면, 여동생에 대한 죄책감이 상당해 보였다. 소설로 벌어들인 돈이나, 애니메이션화되어 받게 된 인세 같은 것들이 자신에게 깊은 상처를 남긴다고 말하기도 했다. 시사회에서도 영화를 보다가 중간에 퇴장할 정도였다고 하니, 그의 아픔은 내가 상상하는 것 이상일 것이다.

위에서 잠시 언급했지만 〈반딧불이의 묘〉가 태평양 전쟁을 미화하려 했거나, 일본인을 피해자로 묘사한 작품이라고만 단정하기에는 억울한 측면이 있다. 영화는 전쟁을 겪으며 살아남은 어린 남매의 고단한 삶과, 그들에게 작은 호의조차 베풀지 않는 냉소적인 사회에 관한 이야기를 담고 있기 때문이다.

〈반딧불이의 묘〉는 고증을 중요시하는 타카하타 이사오와 사실적인 몸짓과 표정을 세밀하게

---

9   노사카 아키유키가 발표한 단편 소설로, 같은 해 나오키상을 수상했다. 작가의 전쟁 체험을 바탕으로 쓰였으며, 1988년 지브리에서 애니메이션으로 영화화되었다.

표현하는 콘도 요시후미(近藤喜文, 1950~1998)[10]가 함께 만든 작품이다. 이 영화의 작품성과 완성도는 일본 애니메이션 역사에 남을 정도이니, 작품성에 대한 설명은 더 하지 않아도 되겠다.

나는 〈반딧불이의 묘〉를 처음 봤던 그날의 나를 기억한다. 그날 나는 내가 실제로 겪은 일이 아니었음에도, 좀처럼 비통한 감정에서 빠져나오지 못했다. 슬픔, 분노, 절망이라는 감정이 오랫동안 나를 놓아주지 않았기에, 후에 글을 쓰기 위해 반복해서 영화를 보는 것은 꽤 괴로운 일이었다. 남매가 겪은 고통은, 감정을 느끼고 그것에 반응하는 것조차 허락되지 않은 고통이었다. 고통을 느끼고 있다고 표현하는 것조차 사치스럽게 느껴지는 그런 고통. 절대로 경험하고 싶지 않은 감각이다.

왜인지는 모르겠지만 나는 〈반딧불이의 묘〉를 보는 내내 오빠 세이타에게 이입됐다. 자신도 감당하기 어려운 절망 앞에서, 어린 동생을 돌봐야만 했던 세이타의 심정은 얼마나 괴로웠을까? 세이타는 그저 버티는 하루를 살아갈 수밖에 없었을 것이다.

---

10   스튜디오 지브리의 애니메이션 감독이자 애니메이터. 섬세하고 따뜻한 작화로 높이 평가되며, 〈귀를 기울이면〉(1995)의 감독으로 알려져 있다. 지브리에서 미야자키 하야오와 다카하타 이사오의 뒤를 잇는 차세대 감독으로 기대받았으나, 1998년 지병으로 세상을 떠났다.

　사람은 감당할 수 없는 고통이 지속되면 자신을 보호하기 위해 스스로의 감정, 심지어는 자기 존재마저 지우며 살아가게 된다. 끝이 보이지 않는 고통을, 매 순간 생생하게 마주한다는 것은 너무나도 괴로운 일이기 때문이다. 그러니 극단적인 비극을 마주한 세이타는 끊임없이 밀려오는 감정을 지워버림으로써 어린 동생과 자신의 삶을 가까스로 지켜내고 싶었을 것이다.

　사람마다 〈반딧불이의 묘〉를 보고 느끼는 바는 다를 것이다. 하지만 남매가 겪은 고통의 원인이 '전쟁'이라는 점에는 모두가 동의하리라. 전쟁은 절대로 일어나서는 안 되는, 최악의 비극이다. 〈반딧불이의 묘〉는 전쟁으로 인해 비극적인 삶을 살아가야 했던 한 남매의 이야기이며, 기성세대의 냉소로 결국 죽음을 맞이하게 된, 어린 남매의 슬픈 이야기다.

무엇이 가장 나쁜가

〈반딧불이의 묘〉는 영화 자체에 대한 논란도 많았지만, 영화 속 인물들에 대한 평가 또한 매우 다양했다. 세이타를 경찰에게 끌고 간 채소밭 주인에 대해 이야기해보자. 그는 세이타가 동생이 아파서 그랬다고 사정했음에도 불구하고, 누군가의 죄까지 뒤집어씌우며 세이타를 구타하고 파출소로 끌고 가는 인물로 그려진다. 영화를 본 사람들에게 채소밭 주인은 영화 속에서 가장 나쁜 사람으로 평가되고 이에 대한 이견이 없는 듯 보인다. 세이타가 비록 도둑질하긴 했어도 저럴 것까진 없었다는 평가가 대부분이었다.

이번엔 남매의 친척 아주머니에 관해 이야기해보자. 채소밭 주인과 달리, 아주머니에 대한 평가는 두어 가지로 나뉜다. 아주머니가 좋은 사람이었다고 여기는 의견을 종합해보면, '전시 상황에서 먼 친척 아이들을 거둬들였다는 것 자체가 대단한 일이며, 가끔 아이들을 구박하긴 했지만, 그것은 세이타와 세츠코가 제멋대로 행동했기 때문'이라는 주장이었다.

그렇다면 반대의 평가를 하는 사람들은 아주머니를 어떻게 생각할까? 그들은 아주머니의 이중적인 태도를 지적한다. '남매의 부모가 살아 있을 것 같다고 여겼을 때와, 부모가 죽었다고 확신했을 때의 태도가 극명하게 달랐다.' '애초에 아이들을 거둬들인 것도, 원래 부유했던 집안의 아이들이었기 때문에 훗날 보상받을 수 있다고 생각해서였다.' '무엇보다, 아이들이 집을 떠나려 했을 때 굳이 말리지 않았던 것도 방관적인 태도였다.'라고 평가했다.

나는 그들이 좋은 사람인지, 나쁜 사람인지에

대해 이야기하고 싶진 않다. 같은 영화를 보더라도, 극중 인물에 대한 평가가 여러 갈래로 나뉠 수 있는 이유는 각자의 도덕적 기준이 다르기 때문이다. 그에 따른 해석이 다른 것도 지극히 당연한 결과다. 그래서 나는 〈반딧불이의 묘〉를 보며, '누가 나쁜가, 누가 좋은가?'를 판단하는 것보다는, '무엇이 그들에게 그런 행동을 하게 만들었을까?'에 초점을 맞춰야 한다고 생각했다.

채소밭 주인은 왜 저렇게 무자비했을까. 친척 아주머니는 왜 이중적이고 계산적인 태도로 아이들을 대했을까. 세이타는 왜 참지 못하고 아주머니의 집을 떠났으며, 결국 동생과 자신을 죽음에 이르게 했을까. 도대체 전쟁이란 어떤 것이기에, 그토록 많은 사람이 최소한의 인간성마저 포기한 채 살아가도록 만들었을까. 인간을 인간 되지 못하게 만드는 상황이 나쁜 걸까, 아니면 상황에 타협하여 인간성을 포기하는 사람이 나쁜 걸까. **도대체 무엇이 사람을 이렇게 만들었을까.**

내가 두려워하는 것

〈반딧불이의 묘〉를 반복해서 보다 보니, 세츠코가 징징거리는 부분에서 묘하게 화가 치미는 나를 발견했다. 처음엔 '이게 대체 무슨 감정이지?' 싶었다. 불쌍하고 안타까운 상황에 처한 네 살짜리 어린아이에게 깊은 연민을 느껴도 모자랄 판에, 나는 왜 화가 나는 걸까? 이런저런 생각이 들었지만, 당시에는 이 기분 나쁜 감정을 모른 척하고 그냥 내버려두었다. 머리로는 쉽게 이해되는데 마음을 요동치게 하는 이 감정의 원인을 알 수 없어 한동안 불편했다.

나는 회피형 인간이다. 그래서 이런 종류의 감정을 싫어한다. 머물러 있어 해소되지 않는 감정은, 결국 직면해야 해결되기 마련이다. 하지만 나는 자신을 마주하고 싶지 않아서 의도적으로 이런 감정을 흘려보내곤 했다. 나는 내 의지와는 달리 이 정체 모를 감정으로 인해 몇 날 며칠을 끙끙 댔고, 결국 그것이 무엇이든 직면하기 위해 감정의 근원을 추적하기 시작했다.

독립심이 강하고 자기 주도적인 기질을 가진 나는 누군가에게 도움을 청하는 걸 좋아하지 않는다. 극심한 고통이 아니라면, 웬만한 건 혼자 견뎌내고 좀처럼 그것을 꺼내놓지 않는다. 그러니 내가 직접 말하지 않으면 가까운 사람들조자 내가 어떤 일을 겪고 있는지 잘 모른다. 그래서일까? 나는 의존적인 사람들을 보면 마음이 조금 힘들다. 자기가 할 수 있는 일인데도 다른 사람에게 의존하는 모습을 보면 불편하다. 세츠코에 대한 불편함도 이런 종류의 감정 때문이 아닐까? 하고 생각했지만, 그것만으로는 이 복잡한 마음을 설명할 수 없었다. 왜냐하면 세츠코는 누가 봐도 스스로 생존할 수 없는, 도움을 받아야 하는 어린아이였기 때문이다. 이런저런 상념이 머릿속을 휘젓고 있을 때, 문득 이런 생각이 들었다.

'**내가 느낀 감정은 화가 아니라, 두려움이 아닐까?**'

나는 내가 아무것도 할 수 없다고 느끼는 순간이 가장 두렵다. 한동안 나는 원가족을 떠올릴 때마다 무겁고 불편한 감정을 느끼곤 했었다. 그 이유는 가족의 삶에 대해 과도한 책임감을 가지고 있었기 때문이다. 그래서 항상 가족을 편안한 마음으로 대할 수 없었다. 내가 그들의 삶을 책임질 수 없다는 걸 확인할 때마다 괴로웠다. 아무도 내게 그것을 짊어지라고 요구하지 않았는데도, 마치 무언가에 중독된 사람처럼 스스로 **괴롭기**를 선택했었다. 지금은 다행히 그것이 건강한 방식이 아니라는 걸 깨달았고, 예전보다는 비교적 편안한 마음으로 원가족을 대하며 살아가고 있다.

그런데 영화를 보면서 세이타에게 감정을 이입하는 순간, 동생에게 아무것도 해주지 못하는 세이타의 무력감이 나의 어두운 감정을 건드렸다. 세츠코를 보면서 내내 불편했던 감정의 정체가 드러나버린 것이다. 괜찮아진 줄 알았는데, 아직다 해결된 게 아니었다니. 조금 당황스러웠지만 무엇이든 쉽게 변하는 법은 없다고, 나를 다독여 주었다. 그래도 이제는 알아차릴 수 있고 있는 그 대로 받아들일 수 있어서 다행이라고 생각했다.

사람이 살아 숨 쉬는 동안 보고, 듣고, 생각하고, 경험하는 것 중에 쓸모없어서 버려야 하는 건 아무것도 없다. 부정적인 경험들까지도 나름의 의미가 있다. 저마다 모든 것을 흡수하며 성장한다. 그런 면에서 다른 사람의 삶을 간접적으로 경험할 수 있는 영화나 책은 우리 삶에 주어진 **특별 보너스** 같다. 스스로 인지할 수 없는 영역은 오랜 시간 상담을 받아도 쉽게 발견되지 않는데, 영화 한 편을 통해 나를 형성하고 있는 핵심 감정을 만날 수 있다니. 정말 놀랍고 감사한 일이다. 물론 알 수 없는 감정들이 올라왔을 때 잠깐 멈춰서 그 감정을 들여다보는 것은 온전히 나의 몫이고.

먹을 수 없는 음식들

나는 영화에 나오는 음식들을 만들어 먹어보는 취미를 가지고 있지만, 〈반딧불이의 묘〉에 나온 음식들만큼은 만들 수가 없었다. 아니, 만들고 싶지 않았다. 세이타와 세츠코는 항상 배고픔을 극복해야만 생존할 수 있는 처지에 놓여 있었기 때문에 이 영화에 나오는 음식들은 즐거움을 위한 것이 아니라, 생명을 유지하기 위한 음식이었다.

세상에는 즐거운 음식도, 괴로운 음식도 있는 법이고 음식에도 각각의 의미가 있다. 세이타와 세츠코가 먹었던 음식들은 너무 많은 감정과 의미가 담겨 있는 음식이고 나는 감히 그 음식을 가벼운 마음으로 따라 할 수 없었다.

사쿠마식 드롭스

〈반딧불이의 묘〉에 나오는 음식 중 가장 기억에 남는 것은 바로 사쿠마식 드롭스(サクマ式ドロップス)[11] 사탕이다. 세츠코는 서럽게 울다가도, 빨갛고 네모난 깡통 안에 든 사탕 하나만 있으면 울음을 멈추곤 했다. 먹고 싶을 때마다 사탕을 모조리 먹어버리면 다시는 먹지 못하게 될 수도 있었기 때문에 아끼고 아껴서, 꼭 필요할 때만 먹었다.

사탕이 딱 세 개 남았던 날, 세츠코는 사탕 하나를 통째로 먹는 것이 아까워 통 안의 부스러기만 입에 털어 넣었다. 사탕을 다 먹은 후에도, 깡통 안에 물을 부어 단물을 만들어 마셨다. 그렇게 깡통 안의 모든 것이 사라지고 난 후 텅 비어 있던 그 깡통은, 이후 세츠코의 유골로 채워진다.

───────────

11 사쿠마식 드롭스는 1908년부터 판매된 일본의 전통 사탕이다. 금속 깡통 안에 여러 가지 과일맛 사탕이 들어 있으며, 전쟁 중에도 대중적으로 사랑받았다. 〈반딧불이의 묘〉에서 동생 세츠코가 들고 다니는 깡통 사탕으로 등장해 작품의 상징이 되었다.

사쿠마식 드롭스는 1913년에 처음 발매되었다. 전쟁으로 인해 한때 생산이 중단되기도 했지만, 1948년부터 다시 생산되기 시작했다고 한다. 〈반 딧불이의 묘〉가 개봉한 1988년부터는 애니메이션 의 인기에 힘입어 세츠코가 그려진 복각품도 만 들어졌다. 사쿠마식 드롭스를 발매했던 사쿠마제 과는 2023년에 폐업했고, 이제는 이 사탕을 살 수 없게 되었다. 사실, 이 사탕과 비슷한 맛이 나는 옛날식 과일 맛 사탕은 한국에도 있기 때문에, 굳 이 이걸 먹어보고 싶다는 생각은 들지 않는다. 하 지만 영화를 본 뒤 세츠코에게 묘한 부채감 같은 걸 느낀 나는 이 사탕의 깡통이라도 간직하고 싶 다고 생각했었는데, 이제는 그마저도 살 수 없게 되었다니. 아쉬울 따름이다.

세상에서 가장 슬픈 수박

세이타는 세츠코의 건강 상태가 점점 나빠지는 것을 보고, 마지막으로 어머니가 은행에 남겨둔 돈을 전부 찾는다. 그 돈으로 동생을 병원에 데려 가보고 세츠코가 그렇게 먹고 싶어 하던 수박도 사다 준다. 세이타는 의사의 말처럼 세츠코가 영 양실조일 거라고 믿었다. 아니, 그렇게 믿어야 했 다. 날로 쇠약해지는 세츠코가 죽는 건 상상할 수 없는 일이었기 때문이다.

나는 영화를 보면서 세츠코가 곧 죽을 것 같다고 생각했다. 누가 봐도 세츠코의 문제는 영양실조가 아니었기 때문이었다. 영화 초반, 공습이 시작되고 폭격을 피해 숨어 있을 때 하늘에서는 비가 내렸다. 이동 중이었던 남매는 그 비를 고스란히 다 맞게 된다. 나는 그 비가 세츠코의 건강을 악화시켰을 거라고 추측했다. 공기 중에는 분명 폭격으로 인한 온갖 유해 물질이 떠다니고 있었을 것이고, 그런 상황에서 내린 비가 깨끗할 리 없었다. 아니나 다를까, 비를 맞은 후 세츠코는 눈이 아프다고 했고, 피부에도 정체 모를 붉은 반점들이 생겨났다.

이렇게 써놓고 보니, '어떤 원인으로 세츠코가 병을 얻었는지를 따지는 것이 무슨 소용인가?'라는 생각이 든다. 세츠코의 병명이 무엇이었든, 네

살짜리 아이가 감당하기에 전쟁은 참혹했고 그 전쟁은 많은 사람을 죽음으로 몰고 갔다.

세츠코는 고베 공습 이후 110일을 버티다가 결국 죽었다. 오빠가 자신을 위해 준비한 수박 한 조각을 겨우 삼키고는, 수박을 손에 꼭 쥔 채 삶을 마감한다.

4
옹기종기 모여 앉아 먹는 할머니의 오하기
이웃집 토토로(1988)

가능하다면, 아이는 아이답게 자랐으면 좋겠어

원제: となりのトトロ, My Neighbor Totoro
감독: 미야자키 하야오
일본 개봉일: 1988. 4. 16.
국내 개봉일: 2001. 7. 28.
상영시간: 86분
원작·각본: 미야자키 하야오
배경: 1950년대 일본 농촌. 가족의 따뜻한 식탁과 소박한 농촌 풍경 속에서 음식을 통해 가족애와 공동체적 유대를 엿볼 수 있다.
주요 등장인물: 쿠사카베 사츠키(메이의 언니), 쿠사카베 메이(사츠키의 동생), 토토로(숲의 정령), 쿠사카베 타츠오(아버지), 오가키 칸타(이웃 소년), 칸타의 할머니

〈이웃집 토토로〉는 내가 지브리고 뭐고 아무것도
모를 때 처음 본 지브리 영화다. 1996년 무렵이었
던가? 고등학교 일본어 수업 시간에 선생님이 일
본어를 재밌게 배워보라며 보여주셨던 것 같은데
(지금 생각해보면 불법 녹화된 영상이 아니었을까 하는 의
심이 강하게 들지만, 어디까지나 내 추측이다.) 그 교실
에 있던 한 학생은 선생님 덕분에 지브리 꿈나무
로 자라게 되었고 이름도 기억나지 않는 일본어
선생님께 아주 고마워하고 있다는 이야기.

시골, 낡은 집

'시골, 낡은 집'이라는 단어만으로도 온갖 상상을
펼칠 수 있었던 어린 시절의 나에게 〈이웃집 토토

로〉는 마치 종합 선물 세트 같은 영화였다. 내가 좋아하는 것들로만 가득 채워진 듯한 이 몽글몽글한 영화는 어른이 된 지금까지도 내 안에서 무언가를 계속 상상하게 만든다.

나는 도시에서 태어나 도시에서 자랐고, 친가 친척들도 모두 수도권에 살았다. 그래서 여름방학이면 친구들이 꼭 한 번씩 다녀왔다는 그 **시골**이 없는 어린 시절을 보냈다. 당시 내가 시골에 다녀온 친구들을 왜 그토록 부러워했는지 생각해보니, 방학 때 시골에 간다는 건 적어도 내겐 여행을 간다는 의미로 여겨졌기 때문이 아닐까 싶었다. 시골에 가봐야 사람 사는 거 다 비슷하고 자연과 함께하는 것도 하루이틀이지 매일 반복되면 지루할 게 뻔한데도 당시 나는 책, 만화, 드라마, 영화 속에서 묘사되는 활기차고 즐거운 시골에 대한 환상을 품고 있었다.

낡았지만 나무 향이 가득할 것 같은 집, 사이사이로 불어오는 산들바람, 비밀이 가득한 다락방, 마을을 지켜줄 것만 같은 오래된 나무들, 인자한 이웃 할머니, 나를 좋아하면서도 툴툴거리는 옆집 소년, 학교에 같이 가자며 집으로 찾아와 내 이름을 불러주는 친구, 생동감 넘치는 등굣길까지. 이웃집 토토로는 내 안에 있던 **시골 판타지**를 충족시키는 작품이었다.

할머니의 오하기

사츠키와 같은 반 친구인 칸타의 할머니는, 사츠키와 메이 가족의 이웃이다. 할머니는 쿠사카베 가족이 이사 오던 날부터 줄곧 이들을 도와주며 아이들을 돌봐주고, 맛있는 음식도 종종 나누어 주곤 했다. 칸타의 할머니는 우리가 흔히 **시골 할머니**라고 했을 때 떠올리는 모습과 똑 닮은 분이었다. 쿠사카베 가족이 이사 오던 날, 할머니는 미리 만들어 놓았던 오하기(おはぎ)를 칸타의 손에 들려 보낸다. 하얀 천으로 덮인 나무통을 사츠키에게 건네는 칸타의 수줍은 얼굴과 툇마루에 옹기종기 모여 앉아 오하기를 맛있게 먹는 모습은 오하기가 어떤 음식일지 궁금하게 만든다.

오하기는 '보타모치(ぼたもち)'라고도 불리는 일본의 전통 떡이다. 과거 단 음식이 귀하던 시절엔 귀한 손님을 대접할 때나 내놓는 음식이었지만, 지금은 흔하게 접할 수 있는 간식이 되었다. 일본 애니메이션이나 드라마에서도 자주 등장하며, 단순한 형태부터 정교한 장식이 들어간 고급 오하기까지 다양한 종류가 있다.

오하기 만들기

재료: 멥쌀, 찹쌀, 흰 강낭콩(또는 팥), 물엿(또는 올리고당), 설탕, 소금

[앙금 만들기]

팥앙금을 만들지 콩앙금을 만들지 먼저 결정한 다음, 팥과 콩 중 원하는 재료를 사용해 앙금을 만들면 된다.

① 흰 강낭콩을 깨끗이 씻은 후, 물에 담가 밀봉한 상태로 8시간 이상 불린다.

※ 콩은 여름철에 쉽게 쉬기 때문에 냉장 보관 필수!

② 콩을 물에 여러 번 헹궈 껍질을 완전히 제거한다.

③ 냄비에 콩과 물을 넣고 중불에서 30분 정도 끓인 다음 익은 콩을 체에 걸러 으깨거나, 믹서기에 곱게 간다.

④ ③에 소금, 설탕, 올리고당을 넣어 잘 섞은 후, 냄비에 넣고 중불에서 3~5분간 수분을 날리며 고루 섞는다.

※ 단맛은 입맛에 따라 조절 가능!

※ 완성된 앙금은 다양한 색으로 만들 수 있다.

예) 말차 파우더를 섞은 앙금, 코코아 가루를 섞은 앙금 등

[떡 만들기]

① 멥쌀 1:찹쌀 2 비율로 밥을 짓는다.

② 잘 지은 밥에 소금을 살짝 넣고 섞은 뒤, 절구에 넣어 찧는다.

※ 밥알이 남아 있어도 되니, 반드시 매끈하게 만들 필요는 없다.

③ 손에 물을 묻혀가며 떡을 원하는 모양으로 빚는다.

④ 준비해 둔 앙금을 듬뿍 떠서 손바닥에 넓게 편 뒤, 떡을 넣고 감싼다.

※ 앙금은 넉넉하게 두툼하게 감싸야 맛있다!

※ 기호에 따라 콩가루, 코코아 가루, 견과류 등을 겉에 묻혀도 좋다.

사츠키의 점심 도시락

나는 사츠키가 작은 손으로 채소를 썰고, 요리하며 동생과 아빠를 위해 도시락을 준비하는 장면

을 좋아하면서도 싫어한다. 엄마의 부재 속에서도 밝게 웃으며 가족을 챙기는 모습이 사랑스러우면서도 안쓰럽다. 철이 일찍 들어버린 아이의 모습이 대견하면서도 불편하다. 가능하다면 어른이 해야 하는 일은 어른이, 아이가 해야 하는 일은 아이가 하는 것이 가장 알맞다. 이런 양가감정과는 상관없이 나는 사츠키가 정성스럽게 만든 도시락 속 반찬들이 너무 궁금했다. 내가 일본의 음식문화를 잘 알고 있었다면 고민할 필요도 없이 밥 위에 솔솔 뿌리는 핑크빛의 **저것**이 무엇인지 바로 알아차릴 수 있었겠지만, 생활 속 일본 문화를 체감하기란 어려웠기에 오랜 시간 정보를 수집하고 검색하여 음식의 정체를 알아내야만 했다. 돌이켜보니 일본어로 검색해봤다면 바로 알 수 있는 것이었다. '머리가 나쁘면 몸이 고생한다.'라는 말이 괜히 있는 게 아닌가 보다. 어찌 됐든 나는 아직도 기억한다. 저 **핑크빛 음식**이 바로 사쿠라덴부(桜でんぶ)라는 사실을 알아내고서, 대단한 비밀을 나만 알고 있는 것처럼 혼자 **으쓱**해했다는 것을.

사쿠라덴부

덴부(でんぶ)는 찌거나 삶은 생선 살을 잘게 부숴 포슬포슬하게 만든 뒤 양념한 음식이며, 덴부를 벚꽃처럼 연분홍색으로 물들인 것을 사쿠라덴부

라고 한다. 사쿠라덴부는 보통 후리가케(ふりか
け)[12]처럼 밥이나 초밥, 지라시즈시(ちらし寿
司)[13]에 고명처럼 뿌리거나 섞어 사용하는 경우가 많
다. 일본에서는 인스턴트 식품으로 쉽게 접할 수
있으며, 먹어본 사람들의 이야기를 들어보면 단맛
이 강해 호불호가 갈리는 음식이기도 하다.

   사츠키의 도시락을 재현하려고 마음먹었을 당
시, 인스턴트 사쿠라덴부를 구매해 도시락을 만들
까도 고려했었다. 하지만 영화 배경과 장소 등을
감안했을 때, 사츠키는 사쿠라덴부를 직접 만들었
을 것 같았다. 전통 방식으로 직접 만들어보니 인
스턴트 덴부를 사용하지 않은 것이 아주 잘한 선
택이라는 생각이 들었다. 단맛을 줄여 담백한 맛
을 끌어냈고, 식용 색소 대신 비트를 사용해 건강
하면서도 예쁜 색의 사쿠라덴부를 만들 수 있었
기 때문이다. 만드는 방법 또한 간단해서 도시락
반찬으로도 손색이 없는 훌륭한 음식이었다. 그러
니 이제는 자극적인 맛의 인스턴트 사쿠라덴부는
잊고, 담백한 정통의 사쿠라덴부를 만들어 먹어보
길 바란다.

---

12   밥 위에 뿌려 먹는 일본식 조미 가루. '흔들다'라는 뜻의 '후리'와
'뿌리다'라는 뜻의 '가케'가 합쳐져 만들어진 단어다. 밥 위에 뿌려
서 먹기도 하고 볶음밥, 주먹밥 양념으로도 자주 사용한다.

13   직역하면 '흩뿌린 초밥'이다. 초밥 위에 채소나 해산물을 흩뿌려
올린 일본식 가정 초밥이다.

사츠키의 도시락 만들기

재료: 흰살생선(대구, 도미, 도다리 등), 비트, 완두콩, 열빙어, 우메보시, 쌀밥, 소금, 설탕, 미림

① 완두콩은 삶아서 준비해 둔다.

② 깨끗이 손질한 열빙어에 소금을 솔솔 뿌린 후, 마른 팬에서 노릇하게 굽는다.

③ 흰살생선은 체에 밭쳐 끓는 물에 넣어 삶는다.

④ 생선이 다 익으면 건져내어, 체에 밭친 채로 으깬다.

⑤ 으깬 생선 살에 소금, 설탕, 미림을 넣어 간한다.

⑥ 비트는 갈아서 체나 천을 이용해 즙을 짠다.

※ 빨간색 식용 색소를 사용해도 무방하다.

⑦ 마른 팬에 양념한 생선 살을 넣고, 비트즙을 넣어 연분홍빛으로 물들인다.

⑧ 약불에서 생선 살의 수분이 모두 날아가 포슬포슬해질 때까지 볶는다.

⑨ 준비한 도시락통에 밥을 깔고, 중앙에 구운 열빙어, 완두콩, 우메보시, 사쿠라덴부를 얹어 완성한다.

5

감기 걸렸을 땐
잘 먹어야 해,
오소노 씨의 우유죽

마녀 배달부 키키(1989)

다정한 음식은 마음을 치유하기도 하지

원제: 魔女の宅急便, Kiki's Delivery Service
감독: 미야자키 하야오
일본 개봉일: 1989. 7. 29.
국내 개봉일: 2007. 11. 22.
상영시간: 102분
원작·각본: 카도노 에이코(원작), 미야자키 하야오(각본·감독)
배경: 시대와 무대는 특정할 수 없으나, 감독 인터뷰에 따르면 현대 유럽 여러 나라와 도시를 섞었다고 밝혔다. 현대 유럽풍 도시의 빵집에서 일하는 키키의 삶 속에서 음식은 자립과 인간관계를 성장하도록 돕는 매개체가 된다.
주요 등장인물: 키키(마녀), 지지(키키의 고양이), 오소노(빵집 주인), 톰보(키키의 친구), 우르슬라(화가)

만 13세, 빗자루 하나만 달랑 들고 고양이를 벗 삼아 독립해야 하는 한 소녀가 있다. 그나마 하나 있는 빗자루가 말썽인지 아니면 빗자루를 다루는 실력이 부족한 건지, 소녀는 하늘을 나는 것만으로도 벅차 보인다. 가족과 친구들을 떠나 도착한 곳은 바다가 보이는 큰 도시다. 잘할 수 있을 거라고, 어떻게든 살아낼 수 있을 거라고 기대하며 도착했지만 첫날부터 엉망진창이다. 영화의 초반부 내용을 정리하고 보니 꽤 무서운 이야기처럼 보인다. 이미 어른이 된 나도 낯선 사람과 낯선 장소를 만나면 긴장하는데, 아무리 픽션이라지만 미성년자인 키키에게는 너무 극한의 조건이 아닌가 싶었다.

다행히 키키는 친절한 오소노 씨를 만나 빵집에서 배달 일을 하며 생계를 유지할 수 있게 된다. 뿐만 아니라, 톰보라는 좋은 친구를 비롯해 그녀의 성장을 돕는 많은 사람을 만난다. 그들은 키키가 할 수 있는 일을 해낼 수 있도록 격려해주었고, 슬럼프에 빠졌을 땐 끌어올려주었으며, 외로워할 땐 곁에 있어주었다. 제아무리 타고난 재능과 용기를 지닌 키키라도, 그녀를 돕는 사람들이 없었다면 삶을 잘 꾸려나갈 수 있었을까? 아마도 그렇지 않았을 것이다. 혼자 잘한다고 해서 자신의 힘으로만 잘 살 수 있는 사람은 없다. 네가 있어서 내가 있고, 내가 있어서 네가 있다. **우리는 연결되어 있고, 서로가 필요하다.**

청어와 호박 파이

〈마녀 배달부 키키〉에 나오는 청어와 호박 파이는 '먹어보고 싶은 지브리 음식 Top 10' 안에 드는 음식이다.[14] 나도 순위권 안에 드는 다른 음식을 만들어서 먹어보기도 했지만 '청어와 호박 파이'만큼은 다짐과 결심을 반복한 끝에 겨우 만들어볼 수 있었다. 이건 다 그놈의 베이킹 울렁증 때문이

---

14 네토라보, "지브리 음식 인기 랭킹 TOP17", 2021.6.5., 마이나비 뉴스 "지브리 음식 TOP15, 라퓨타 빵과 하울의 베이컨 에그를 누르고 1위에 오른 것은?" 2022.11.1.

다. 베이킹에 대해 전혀 모르는 내 처지에 파이 반죽 같은 건 직접 만들 수 없는 음식이었다(결국 파이 반죽은 사서 만들었다.).

'빵은 만들지 말고 사 먹자.' 주의인 나는 이상하게 베이킹이 힘들다. 아니, 계량이 힘들다. 정확한 계량을 따라야 하고, 온도는 딱 떨어져야 하고, 정해진 쿠킹 시간을 지켜야 하는 일이 나에게는 힘들고도 어렵다.

베이킹을 힘들어하는 나를 보며, 내가 삶을 대하는 태도에 대해 생각해보았다. 빵을 만들기 위해 계량하고 반죽하는 일, 반죽이 숙성되어 부풀기까지 기다리는 일. 그리고 적당한 온도에서 구워질 때까지 대기하는 이 모든 과정은 확실히 내가 선호하는 방식이 아니다. 그러나 정해진 과정을 거치며 기다리는 태도는 삶에서 꼭 요구되는 자세이기도 하다. 물론 빵을 굽는 것과 인생을 사는 것은 차원이 다른 이야기다. 빵은 정해진 레시피와 온도를 따르면 성공할 가능성이 높지만, 인생에는 그런 레시피도 없고, 언제나 예측할 수 없는 일들이 벌어지기 때문이다.

키키의 인생은 어떠한가. 마녀라는 정체성과는 맞지 않게 빗자루조차 다루지 못해 우왕좌왕했고, 그런가 싶었는데 또 금세 잘 나는 법을 익혀버렸다. 그래서 이제는 좀 괜찮아진 건가 싶을 때쯤,

전혀 날 수 없는 상태가 되어버린다. 어디 이뿐인가. 다시 날 수 없을 때, 반드시 날아올라 친구를 구해야 하는 상황이 찾아온다.

영화를 본 우리는 키키가 결국 날 수 있게 되어 친구를 구할 것임을 알고 있다. 그래서 키키가 다시 날 수 있을지, 톰보를 구할 수 있을지 걱정하며 마음 졸이고 불안해하지 않는다. 하지만 우리의 인생은 어떤가? 예측할 수 없는 상황들은 늘 불안을 동반한다. 만약 영화처럼 인생의 결말을 미리 알고 시작할 수 있다면 불안이라는 단어는 존재하지 않았을 것이다. 하지만 안타깝게도 우리는 단 1초 뒤에 일어날 일조차 알 수 없고 사는 건 늘 만만치 않다. 잘 풀리는가 싶다가도 엎어지는 게 일상이고, 언제 잘될지, 언제 힘들어질지 예측할 수도, 방어할 수도 없다. 인생은 빵을 굽는 것처럼 명확하지 않고, 때로는 고통스럽기까지 하다.

하지만 나는 감히 확신한다. 인생이 제멋대로 흘러가더라도 고수해야 할 원칙을 지키고 기다림이 필요한 순간을 인내하면 결국 하나하나 쌓여서 나를 단단하게 만들어줄 것이라고. 결국엔 어떤 삶도 감당할 수 있는 강한 마음을 갖게 될 거라고. 반드시 그 과정을 지나야만 맛있는 빵을 완성할 수 있다.

영국의 리얼 청어 파이

〈마녀 배달부 키키〉에 나오는 청어 파이는 중앙에 귀여운 물고기 무늬가 자리 잡은, 먹음직스러운 파이다. 할머니가 쓰던 오븐이 갑자기 고장 나임기응변으로 화덕을 사용했지만, 오히려 그 덕에 파이의 색이 더욱 예쁘게 나올수 있었다. 직접 만들어 먹어보니, 할머니가 왜 그토록 손녀에게 이 파이를 먹이고 싶어 했는지 알 것 같았다.

그런데 막상 청어 파이를 받아본 손녀의 반응이 좀 이상하다. 손녀는 할머니의 정어 파이를 보자마자 표정이 굳는다. 거기다 머리부터 발끝까지 비에 젖은 키키에게 자신은 청어 파이를 좋아하지 않는다고도 말한다. 할머니의 정성과 키키의 노력이 무색해지는 순간이었다.

처음 이 장면을 보았을 때, 나는 좀처럼 손녀의

반응을 이해할 수 없었다. 청어 파이를 좋아하지 않을 수는 있다. 그래도 할머니가 보낸 선물인데 이 정도로 정색할 일인가 싶었다. 물론, 이건 어디까지나 실제 청어 파이의 사진을 보기 전의 생각이다.

한국에서는 파이를 먹는 문화가 익숙하지 않으니, 조금 더 와닿는 예를 들어보겠다. 할머니의 손맛이 가득한, 할머니가 정성껏 만드신 볼락 김치를 받았다고 상상해 보자. 김치를 보니 머리째 붙어있는 큰 생선들이 삐죽삐죽 나와 있고, 김치를 먹으려고 할 때마다 생선 눈과 마주친다. 이걸 먹어봐야 하나 고민하고 있을 때, 옆에 있던 친구는 이 김치를 보자마자 어떻게 생선 대가리를 그냥 먹을 수 있냐며 고개를 절레절레 흔든다. 굳이 이 음식 때문에 친구들 사이에서 놀림거리가 되고 싶진 않으니 할머니께 좀 죄송하지만 나는 볼락 김치를 싫어하는 사람이 되어야 한다.

조금 과장된 예이긴 하지만 이렇게 생각해보니 손녀의 반응이 영 이해 못 할 일도 아닌 것 같다. 아니, 너무나도 이해가 간다. 손녀는 키키와 비슷한 나이의 10대 청소년이다. 게다가 파이를 배달받았을 땐 친구들과 함께 파티 중이었다. 그 상황에서 생선 대가리가 삐죽 나온 전통 청어 파이를 받았으니, 반응이 그럴 만도 했다.

이 장면 덕에 나의 10대 때를 떠올려볼 수 있었다. 당시 나는 할머니의 음식뿐 아니라 할머니 자체를 부끄러워했다. 그때는 할머니의 손길이 그렇게 귀찮을 수가 없었다. 우연히 길에서 할머니를 마주치면 할머니가 큰 소리로 내 이름을 부르기라도 할까 봐 일부러 빙 돌아가기도 했다. 그때는 할머니의 큰 목청과 거친 말투가 너무 부끄러웠다. 당시 나는 왜 우리 할머니의 목청이 클 수밖에 없는지, 왜 그렇게 억척스러웠는지 이해할 수도, 알고 싶지도 않았다.

이제 나는 어른이 되었다. 언제까지나 우렁찬 목소리로 나를 혼낼 것만 같았던 할머니는 치매에 걸려 점점 자신을 잃어가고 있다. 요즘은 할머니를 보면서 '건강하실 때 내가 좀 더 다정하게 대할 걸 그랬나?' 하고 후회하기도 한다. 하지만 다시 10대로 돌아간다 해도 나는 아마 이전과 비슷하게 행동할 것 같다. 어찌 됐든 호르몬이 미쳐 날뛰고 남들의 시선이 중요한 시기가 아닌가! 그러니 지나간 일에 마음을 두기보다는 **지금, 할 수 있을 때 잘하자…!**

청어와 호박 파이 만들기

재료: 단호박 1/2개, 양파 1/2개, 당근 1/3개, 감자 1/2개, 완두콩 한 줌, 다진 마늘 1숟가락, 청어(또는 연어) 300g, 밀가루 3숟가락, 슈레드 모차렐라 치즈, 생크림(또는 우유), 버터, 소금, 후추, 올리브유, 페이스트리 반죽, 달걀 1개

[단호박 베이스 만들기]

① 양파는 적당한 크기로 썰어 약불에서 볶는다. 갈색이 날 때까지 볶아주는데, 중간중간 물을 조금씩 넣어가며 볶아야 타지 않는다.

② 단호박은 적당한 크기로 잘라 전자레인지에 익힌 후, 껍질을 벗겨 으깬다.

③ 으깬 단호박에 버터 2숟가락, 볶은 양파, 소금, 후추를 넣어 잘 섞는다.

[생선 필링 만들기]

① 올리브유를 두른 팬에 생선 300g을 굽는다.

※ 비린내에 민감한 경우, 청어 대신 연어를 사용해도 좋다. 다른 흰살생선을 사용해도 무방하다.

② 생선의 겉면이 익으면 버터 1숟가락, 다진 마늘, 소금, 후추를 넣고 마늘 향이 올라올 때까지 구워준다.

③ 마늘 향이 올라오기 시작하면 생크림 (또는

우유) 1.5컵을 넣고 10분 정도 끓인 뒤, 생선을 건져낸다.

④ 마른 팬에 버터 2숟가락, 밀가루, 소금을 넣고 섞어준다.

⑤ 버터와 밀가루가 잘 섞이면, 생선을 끓였던 생크림을 조금씩 넣어가며 섞는다. (농도는 아주 걸쭉한 정도가 적당하며, 필요에 따라 우유를 추가해 조절한다.)

⑥ 건져두었던 생선, 당근, 감자, 완두콩을 넣고 소금, 후추로 간을 한 뒤, 생선을 으깨면서 골고루 섞어준다.

※ TIP

모든 조리는 약불에서 진행한다.

당근, 감자, 완두콩은 미리 익힌 것을 사용한다.

당근과 감자의 크기는 기호에 맞게 적당히 썰어준다.

[파이 만들기]

① 올리브유를 바른 오븐용 그릇에 단호박 베이스의 절반을 꾹 눌러 담는다.

② 그 위에 슈레드 모차렐라 치즈를 골고루 올린다.

③ 치즈 위에 생선 필링을 넣어 그릇이 거의 가득 차도록 채운 후, 다시 한 번 슈레드 모차렐라 치즈를 올린다.

④ 파이 생지를 덮어 윗면을 감싸고, 달걀물(달걀 1개+우유 1숟가락)을 골고루 발라준다.

⑤ 남은 생지와 블랙 올리브로 영화와 비슷하게 장식한다.

⑥ 220도로 예열한 오븐을 200도로 낮춘 뒤 15분간 굽는다. 이후, 오븐 온도를 180도로 낮추고 25~30분간 더 구워준다.

※ TIP

파이 반죽은 만들기 까다로우므로, 시판 페이스트리 생지를 사용하는 것을 추천한다.

오븐에 따라 굽는 시간이 다를 수 있으니, 표면이 노릇해지고 반죽이 바삭해질 때까지 구워준다.

윗면이 너무 빠르게 색이 날 경우, 중간에 포일을 덮어주는 것도 방법이다.

다정한 오소노 씨의 우유죽

키키는 할머니와의 약속을 지키기 위해 비바람을 뚫고 배달을 완료한다. 그러곤 바로 앓아눕는다. (그럼 그렇지…) 얼핏 보기엔 키키가 오랜 시간 비를 맞았기 때문에 병을 얻은 것처럼 보였지만 나는 어쩐지 다른 이유로 키키가 아팠다는 생각이 들었다. 고향을 떠나 새로운 곳에 정착하기까지 키키가 홀로 겪어내야 했던 내적 불안감, 긴장감, 초조함, 상실감, 외로움 같은 감정들이 비를 맞았다는 핑계로 표출된 것처럼 보였다. 그렇게 키키는 처음 도시로 이사 왔을 때처럼, 누군가의 도움 없이는 아무것도 할 수 없는 상태가 되어버린다.

처음 우유죽을 만들어 유튜브에 영상을 올렸을 때, 구독자들은 이것이 타락죽과 비슷한 음식이냐는 질문을 많이 했다. 겉보기에는 두 음식이 비슷해 보일 수 있지만, 나는 이 둘이 완전히 다른 의미를 지닌다고 생각한다. 타락죽은 조선시대 왕들이 먹었던 귀한 음식으로, 당시 우유 자체는 매우 희귀한 식재료였다. 반면, 키키가 먹었던 우유죽은 오소노 씨의 빵집에서만큼은 흔한 재료인 우유로 만든 음식이었다. 타락죽이 왕의 명령으로 만들어지는 음식이었다면, 오소노 씨의 우유죽은 아픈 키키가 걱정되어 자발적으로 만들어진 음식이다. 타락죽과 우유죽은 재료만 같을 뿐, 완전히 다른 음식이다.

갑자기 열이 펄펄 나는 키키에게 무언가를 먹이긴 해야겠는데, 변변한 재료도 없다. 그저 손에 잡히는 대로 빠르게 만들 수 있는 음식이 바로 우유죽이었을 것이다. 우유죽이 아픈 키키에게 정말로 최적의 음식인지, 기력을 되찾는 데 도움이 되는지 따져볼 겨를도 없이, 오소노 씨는 급히 우유죽을 만들었을 터다. 우유죽에는 키키가 빨리 낫기를 바라는 따뜻한 마음이 담겨 있었다. 그렇게 탄생한 음식이 바로, 다정한 오소노 씨의 우유죽이다.

생각해보니, 나는 아플 때 죽을 먹지 않는다. 배탈이 난 경우에만 어쩔 수 없이 먹을 뿐이다. 아파도 밥을 꼬박꼬박 잘 챙겨 먹는 편이다. 뭔가를 만들어 먹거나 차려 먹을 수 없을 정도로 아프다면, 죽을 쑤어 먹느니 차라리 굶는 쪽을 선택한다. 나만 그런지는 모르겠지만, 밥도 먹지 못할 정도로 아플 때 정말 필요한 건 죽이 아니라 오소노 씨 같은 사람이었다. 내가 죽을 먹어야 한다고 누군가에게 요청했을 땐 **죽이 아니라 당신이 필요하다**고 말하고 싶은 순간이었다.

모소노 씨의 우유죽 만들기

재료(1인분): 물 1/2컵(100ml), 우유 1.5컵(300ml), 밥 1 공기, 치즈 1장, 치킨스톡(물과 우유의 양을 합한 400ml 기준에 맞도록 사용), 후추 약간, 견과류, 파슬리 가루(취향껏 선택)

① 냄비에 물과 우유를 넣고 강불에서 끓이다 끓기 시작하면 약불로 줄인다.
② 치킨스톡과 밥을 넣고 잘 풀어준다.
③ 죽이 걸쭉해질 때까지 계속 저어가며 약불에서 끓인다.
④ 완성 직전에 치즈를 넣고 녹을 때까지 잘 섞은 뒤, 불을 끄고 그릇에 담는다.
⑤ 취향에 따라 견과류나 파슬리 가루를 토핑으로 뿌려 마무리한다.

초콜릿케이크

"생일이 언제야?"

이성이든 친구든, 누군가에게 호감을 품으면 나는 가장 먼저 생일을 묻는다. 이 질문은 단순한 정보 수집용 질문이 아니다. 생일이 언제냐는 질문은, 질문에 대한 대답과 대답에 관한 질문만으로도 하루를 보낼 수 있을 만큼의 힘이 있다. 생일이 언제냐는 말 속에는 '오늘 이후에도 너와 관계를 맺고 싶어.'라는 마음과 '네가 어떤 사람인지 더 알아가고 싶어.' 라는 관심이 담겨 있다.

〈마녀 배달부 키키〉에도 생일을 묻는 장면이 나온다. 내가 참 좋아하는 장면 중 하나인데, 할머니가 키키에게 초콜릿케이크를 선물하며 키키의 생일을 묻는 장면이다. 키키는 이 질문 하나만으로도 매우 기뻐한다. 생일을 묻는 일이 단순히 숫자를 묻는 행위가 아니라는 게 더욱 분명해진다. 할머니는 키키의 생일에 케이크를 구워주고 싶어 하고, 키키는 할머니의 생일 선물을 고르는 순간을 기대하며 즐거워한다. 이 질문을 서로에게 던지던 날, 키키에게는 또 한 명의 좋은 친구가 생겼다.

그리고⋯ 이건 TMI지만 나는 초콜릿을 좋아하지 않기 때문에, 이 케이크를 먹고 싶다는 생각은 한 번도 해본 적이 없다.

6
야키소바에서 양파를 빼놓을 수는 없어

추억은 방울방울(1991)

편식에 이유가 없듯
좋아하는 데도 이유가 없지

원제: おもひでぽろぽろ, Only Yesterday

감독: 타카하타 이사오

일본 개봉일: 1991. 7. 20.

국내 개봉일: 2006. 6. 8.

상영시간: 119분

원작·각본: 오카모토 호토루·도네 유코(원작 만화), 타카하타 이사오(각본)

배경: 주인공의 어린 시절인 1960년대 도쿄와 1980년대 야마가타 농촌. 농촌을 동경해온 마음과 체험을 교차, 대비한다. 음식을 통해 주인공의 생활상과 가족 관계를 들여다볼 수 있다.

주요 등장인물: 오카지마 타에코, 토시오(농촌 청년)

주인공 타에코는 도시 사람이다. 그래서인지 그녀는 늘 시골 생활에 로망이 있었다. 어린 시절에도, 어른이 되어서도 시골을 동경하는 마음은 여전했기 때문에 주인공은 성인이 되어서도 휴가 때면 농촌에 방문해 시골 체험을 하곤 했다. 영화는, 농촌에서 휴가를 보내는 어른 타에코와 과거의 어린 타에코를 교차로 보여주며 이야기를 시작한다.

타에코가 초등학교 5학년이었을 때는 1966년이다. 지브리 팬층이 나와 비슷한 나이이거나 조금 더 어리다고 가정했을 때, 시간과 공간에 대한 추억에만 초점을 맞추어 영화를 본다면 공감할 만한 부분은 거의 없을 것 같다. 하지만 관계에 초점을 맞춰 영화를 본다면 이야기가 달라진다. 꽤 많은 내용에 고개를 끄덕이며 영화를 볼 수 있을 것이다.

파인애플과 바나나

이 영화에는 조리된 음식이 많이 나오지 않지만, 타에코가 어린 시절 먹었던 파인애플에 관한 기억은 꽤 비중 있게 등장한다. 어느 날, 타에코의 아버지가 파인애플을 사 왔다. 가족들은 파인애플을 먹어본 적이 없었기 때문에 어떻게 잘라 먹어야 하는지조차 몰랐다. 언니의 활약으로 겨우겨우 파인애플을 해체할 수 있었지만 파인애플은 가족이 간식으로 종종 먹었던 바나나보다 훨씬 맛이 없었다. 실망한 가족들은 "차라리 바나나 꺼내 먹자."는 말을 남기고, 남은 파인애플을 타에코에게 몰아준다.

　영화에서는 파인애플을 자르는 과정을 정말 자세히 보여준다. 자르는 소리부터 과즙이 넘치는 외형까지. 당장 파인애플을 먹어 치우고 싶을 정도로 먹음직스럽게 표현한다. 가끔 이 영화의 제목이 기억나지 않을 때면 **파인애플 나오는 지브리 영화**라고 표현하는데, 이 영화를 본 사람들은 아마도 어떤 작품을 말하는지 바로 떠올리지 않을까 싶다. 타카하타 이사오 감독은 자신의 영화가 파인애플 영화로 기억된다는 사실을 알고 있을까…?

　생각해보니 내가 초등학생 때는 파인애플과 바나나가 그리 흔한 과일이 아니었다. 어린 시절, 파인애플은 통조림으로 더 익숙했고, 생과일을 직접 본 건 한참 후의 일이었다. 자료를 찾아보니, 파인애플 통조림은 일제 강점기 때 한국에 처음 수입되기 시작했고, 1960년대 들어와서야 재배가 시작됐다고 한다. 그마저도 기후가 맞지 않아 여전히 수입에 의존해야 했다고. 바나나 역시 1990년대 초, 대량으로 수입하기 시작하면서 누구나 쉽게 접할 수 있게 되었지만, 그 이전에는 흔히 먹을 수 없는 고급 과일에 속했다.

　영화에서 타에코네 가족은 1996년에 처음 파인애플을 먹는다. 바나나는 그 이전부터 이미 흔하게 먹고 있었고 말이다. 시대적 배경을 잘 담아

냈다고 평가되는 한국 애니메이션 〈검정고무신〉
(2015)을 보면, 주인공인 기영이네 가족의 옷차림
이나 살림살이를 통해 당시 서민의 삶을 추측해
볼 수 있다. 생활상은 기영이네 밥상에도 잘 드러
나 있다. 보통은 흰 밥에 김치를 먹었고, 잘 차려
진 날에는 식구들이 둘러앉아 찌개를 나누어 먹
는 모습이 등장한다. 〈검정고무신〉이 1969년을 시
대적 배경으로 한다는 점을 생각해보면, 두 나라
사이의 경제적 격차가 실감 난다. 〈검정고무신〉에
서 엿보는 당시 서민들의 생활상은 타에코네 가
족이 일상에서 누리던 것들에 비해 훨씬 초라해
보였다. 나는 영화를 보다가 두 나라의 경제적 격
차를 실감한 순간, 한국이 그 격차를 놀라울 정도
로 빠르게 뒤집었다는 사실을 곧바로 떠올렸다.
누군가는 이걸 꽤 자랑스러워할지도 모르겠다. 하
지만 우리는 그 성장을 위해 사람들이 어떤 대가
를 치렀는지 생각해봐야 한다. 한국은 인권 의식
과 정치적 발전이 비교적 최근에야 성숙해졌다.
그렇다는 건, 과거에는 비민주적이고 강압적인 방
식으로 초고속 성장이 가능했다는 이야기다. 성장
은 결국 사람들의 희생 위에 세워졌다. 지금이라
면 불가능한 일이고, 불가능한 것이 정상인 일이
다. 국민의 삶을 갈아 넣어 세운 업적을 마치 자신
의 공로처럼 떠벌리는 이들은 사실상 '도둑놈'이

나 다름없다.

그런데 기억하는가? 내가 파일애플 이야기를 하다가 여기까지 왔다는 사실을.

파인애플 얘기하다가 도둑놈 얘기까지 하게 될 줄이야….

야키소바와 양파

타에코는 양파를 싫어한다. 야키소바(燒きそば)를 먹을 때도 양파를 골라내 아버지 접시 위에 올려 놓는다. 양파가 얼마나 맛있는 채소인가! 양파는 아시아 요리에서 절대 빠질 수 없는 재료이며, 그 단맛과 감칠맛은 어떤 화학조미료보다도 뛰어나다. 특히 야키소바에서 없어서는 안 될 중요한 재료다. 하지만, 양파가 얼마나 소중한 채소인지, 왜 야키소바에서 절대로 빼면 안 되는지 아무리 설명하고 설득한다 해도 타에코는 양파를 좋아하게 되지 않을 것이다. 편식해본 사람이라면 모두 다 알고 있다. **편식에는 이유가 없다는 걸.**

20대 초반에 있었던 일이다. 당시 만나던 남자 친구 집에 놀러 갔다가, 그의 어머니가 차려준 밥을 먹은 적이 있었다. 밥 안에는 어마어마하게 큰 강낭콩이 아주 많이 들어 있었다. 나는 콩으로 만든 가공품들은 다 좋아했지만, 밥에 들어 있는 콩은 유독 싫어했다. 나는 이렇게 큰 콩을 먹을 수가

없는 사람이었다. 하지만 나를 탐탁지 않게 바라
보는 남자친구의 어머니 앞에서 음식을 남길 수
는 없었다. 결국 나는 콩을 골라내 밥그릇 안에 모
아 두었다가, 알약을 먹듯 물과 함께 삼켜버렸다.
그 누가 앞에서 지켜보고 있었다고 해도, 아마 나
는 그 콩을 맛있게 씹어 먹지 못했을 것이다. 그
정도로 나는 밥에 들어 있는 콩이 싫다. 그래도 나
는 콩을 씹지만 않는다면 삼킬 수 있다. 하지만 타
에코는 그 정도도 할 수 없었나 보다. 타에코의 양
파 편식은 내가 콩을 싫어하는 것보다 훨씬 더 심
각해 보였다. 가족들조차 함부로 건드리지 않는
아버지의 접시 위에 양파를 골라 올려놨기 때문
이다.

　타에코의 아버지는 뼛속까지 가부장적인 사람
이었다. 가족은 모두 그의 허락 없이는 그 무엇도
마음대로 결정할 수 없었고, 그는 늘 식탁에서 신
문을 보며 침묵을 반찬 삼는 사람이었다. 하지만
타에코는 그런 아버지의 그릇에 자신이 싫어하는
양파를 올리며 "아버지는 양파 좋아하시죠?"라고
너스레를 떨었다. 눈치를 보면서도 기어이 아버지
의 접시에 양파를 올려놓았다. '타에코가 정말 양
파를 싫어하는구나!' 하는 생각과 동시에, '타에코
의 아버지는 막내딸에게만큼은 그래도 너그러웠
나 보다.'라는 생각이 들었다. 아버지와의 관계가

서먹하거나 미치도록 무서웠다면, 혼날 걸 뻔히 알면서 감히 아버지 접시 위에 그런 짓을 하지는 못했을 것이다. 아버지가 자신의 편식조차 귀엽게 봐줄 거라는 믿음이 있어야만, 아버지의 접시에 양파를 올려놓을 수 있다.

야키소바 만들기

재료(2인분): 베이컨 6줄, 대파 1대, 당근 1/2개, 양파 1/2개, 양배추 1/8개, 숙주나물 2줌, 달걀 2개, 야키소바면 2인분

소스: 우스터소스(또는 돈가스 소스) 4숟가락, 굴소스 4숟가락, 미림 5숟가락, 설탕 (깎아서) 1숟가락, 식용유

① 우스터소스, 굴소스, 미림, 설탕을 넣어 잘 섞어둔다.

② 숙주는 깨끗이 씻어 물기를 빼준다.

③ 당근, 양파, 양배추는 채 썰고, 대파는 송송 썰어둔다.

④ 팬에 식용유를 넉넉히 두르고, 대파를 볶다가 한입 크기로 자른 베이컨을 넣고 함께 볶는다.

⑤ 베이컨이 노릇해지면 당근을 넣어 볶고, 당근이 어느 정도 익으면 양파, 양배추, 그리고 소스의 절반을 넣어 순서대로 볶아준다.

⑥ 양파가 숨이 죽으면 면을 넣고 살살 풀어가며 볶는다.

※ 이때 물을 조금 넣으면 면이 잘 풀어진다.

⑦ 남은 소스를 넣고 강불에서 빠르게 섞어준 뒤, 면이 다 익으면 불을 끄고 숙주나물을 넣어 남은 열기로 빠르게 볶는다.

⑧ 야키소바를 그릇에 담고, 날달걀 노른자 또는 반숙 달걀 프라이를 올린다.

※ 파래 가루나 가다랑어포를 올려주면 더욱 풍미가 좋아지니 기호에 맞게 토핑한 뒤 즐긴다.

아버지에 대한 기억

앞에서 언급했듯, 타에코의 아버지는 가족이 함께 모인 식탁에서도 항상 말없이 신문을 보는 사람이다. 가족들은 식탁에서 이런저런 대화를 나누지만, 아버지의 눈치를 살피며 조심스럽게 대화를 이어간다. 그러다 신문을 다 읽은 아버지가 밥을 달라고 요구하면 어머니는 밥을 먹다 말고 일어나 아버지의 밥을 차려야 했다.

타에코가 무언가를 원할 때 어머니에게 먼저 말을 꺼내긴 하지만 결국 최종 결정권자인 아버지의 허락을 기다려야 했다. 연기에 재능이 있었던 타에코에게 좋은 기회가 찾아왔을 때도 아버지의 반대 때문에 결국 포기해야만 했다. 타에코의 아버지는 집안에서 일어나는 모든 일을 통제할 수 있는 사람이었다. 자식의 진로나 꿈을 좌지우지할 수 있는 절대적인 위치에 있는 사람, 가족 구성원의 삶을 마음대로 할 수 있는 유일한 사람.

타에코의 아버지를 묘사한 이 내용. 어쩐지 익숙하지 않은가? 이는 당시 보편적인 아버지의 모습이었고, 국적이 다름에도 문화적 차이를 느끼기 어려울 정도로 (오래전) 한국의 아버지들과 닮아 있었다. 가부장제 속의 아버지들은 시대와 나라를 초월해 놀라울 만큼 매우 비슷하다.

부모의 고민

가부장제라면 지긋지긋한 1980년대생 여성인 나지만, 영화를 보면서 타에코의 아버지에게 공감했던 장면이 딱 한 군데 있었다. 타에코가 에나멜 가방을 새로 사고 싶어 투정을 부리는 장면이었다. (막내였기 때문에 보통 이런 식으로 투정을 부리며 부모님에게 원하는 것을 얻어낸 경험이 있어 보였다.) 그때 타에코의 아버지는 딸의 투정을 들으며 문밖에 한참을 서 있는다. 나는 아주 짧게 지나간 그 장면에서 아버지의 여러 가지 감정을 읽을 수 있었다.

'막내라는 이유로 타에코를 너무 오냐오냐 키웠던 걸까?'

'가방 까짓거, 그냥 사준다고 하고 달래줄까?'

'지금 가방을 사주면 나중에 또 원하는 게 생겼을 때 같은 방식으로 고집을 부리진 않을까?'

'어떻게 하는 게 좋을까?'

'어떻게 해야 타에코의 고집도 꺾고, 제대로 된 교육을 할 수 있을까?'

타에코의 고집스러운 투정을 들으며 굳은 표정으로 서 있던 아버지는, 그 짧은 순간 이런저런 생각을 하지 않았을까. 결국 아버지는 타에코의 요구를 들어주지 않고 그냥 두고 나가자는 결론을 내린다. (이후에 나오는 타에코를 때리는 장면에는 절대 동의할 수 없지만.) 타에코의 아버지가 문 앞에서 고민하던 이 장면은 이상하리만큼 내 마음에 오래 남아 있었다. 가족들을 이토록 긴장시키는 가부장적인 아버지조차도 자녀가 제대로 자라주기를 바라는 마음으로 고민하고 갈등한다는 걸 보여주었기 때문인 것 같다. 비록 그의 행동이 잘못되었고, 그 결과 아이에게 깊은 상처를 남겼지만 아버지가 타에코를 사랑한다는 점은 변하지 않는 사실이었다.

자녀의 고민

무뚝뚝하지만 자신을 꽤 귀여워하던 아버지가 처음으로 자신에게 손을 댔다. 타에코는 아마도 세상이 무너지는 듯한 충격을 받았을 것이다. 우리

집에서 가장 힘이 센 아버지가 나를 때렸다는 사실은, 나를 보호하고 지켜야 할 세상이 깨지는 경험이었을 것이다.

어린 타에코는 아버지의 행동을 어떻게 받아들였을까? 자신을 사랑하기 때문에 훈육했다고 생각했을까? 아버지의 갈등이나 고민을 알아챌 수 있었을까? 짐작건대, 알아채기는커녕 대혼란에 빠졌을 것이다. 자신이 괜한 고집을 부렸다는 사실은 까맣게 잊고, 아버지가 자신에게 남긴 상처와 그때의 감정만 오래도록 남았을 것이다.

어른이 된 타에코는 그때의 일을 떠올리며 어떤 감정을 느꼈을까? 이제는 어른이 되었기 때문에 어린 시절 자신의 행동이 잘못되었다는 것도 알았을 테고, 아버지가 자신을 때린 건 자녀를 가르치기 위함이었다고 여길지도 모르겠다.

그럼에도 여전히, 아버지가 자신을 때렸다는 사실은 좀처럼 소화되지 않았을 것이다. 어른이 된 타에코는 여전히 혼란스러웠다. 아버지의 행동이 사랑이었다고 이해하려 하지만, 동시에 사랑이 아니었다고도 느끼기 때문이다. 이 감정을 어떻게 받아들여야 할지 알 수 없어, 속에서 자꾸만 체증이 났을 것이다.

부모와 자녀 사이의 딜레마

그날 이후, 아버지는 타에코를 다시는 때리지 않았다. 아버지도 자신의 행동이 잘못되었음을 인지했고, 아마 후회했을 것이다. 한동안 그 순간을 떠올리며 죄책감에 시달렸을지도 모르겠다.

타에코는 서른을 바라보는 나이가 되어서도 그 일을 잊을 수 없었다. 처음 시작은 자신의 잘못이었지만, 그렇다고 해서 이게 그렇게까지 할 일이었을까? 라는 생각도 든다. 그러다가도 다시, 애초에 내가 잘못해서 벌어진 일이라는 생각도 들고, 아버지의 행동을 정당화했을 수도 있겠다. 그렇게 생각하지 않으면 아버지의 사랑을 의심해야 한다. 그건 또 그 나름대로 자신을 힘들게 할 것이기 때문에 그냥 내 탓을 하는 것이 여러모로 편했을 것 같다.

아이가 생기면, 많은 경우 이 두 가지 감정이 뒤엉키는 경험을 하게 된다. 자녀였을 때의 입장과 부모였을 때의 입장을 모두 겪어보니, 비로소 양쪽의 입장을 이해할 수 있게 됐다. 그럼에도 나는 여전히 잘 모르겠다. 이렇게나 사랑하는데, 도대체 우리의 관계는 왜 이토록 힘들고 어려운 걸까?

인간은 모두 불완전하다. 부모도 자녀도 모두 그렇다. 그래서 우리는 사랑하면서도 그렇게 상처를 주고받나 보다. 하지만 나는 믿고 있다. 그 사랑이 진짜라면 부모도 자식도 그 과정에서 분명 성장할 것이고, 결국 그들의 깨어졌던 마음은 회복될 거라고. 언젠가는 서로를 가슴으로 이해하게 되는 그날이 반드시 올 거라고.

왜냐하면 우리는 서로 사랑하는 사이니까.

7

닫힌 마음이
흔들리던 자리,
뽀모도로 스파게티

붉은 돼지(1992)

인간 때문에 돼지가 되었고
인간 때문에 인간이 되고 싶어진 마음에 관하여

원제: 紅の豚, Porco Rosso
감독: 미야자키 하야오
일본 개봉일: 1992. 7. 18
국내 개봉일: 2003. 12. 19
상영시간: 93분
원작·각본: 미야자키 하야오
배경: 제1차 세계대전 이후, 1920~30년대 이탈리아. 카페와 호텔에서의
식사 장면으로 낭만과 전쟁의 상처가 공존하는 시대 분위기를 반영한다.
주요 등장인물: 포르코 로소(마르코 파고트), 지나(호텔 아드리아노
주인, 포르코의 친구), 피코로 피콜로(항공기 제작자), 파울로
피콜로(피코로의 손녀, 정비사), 도널드 커티스(미국 출신 파일럿)

〈붉은 돼지〉는 비행기를 좋아하는 미야자키 하야오의 개인적 취향이 강하게 반영된 작품이다. 비행기나 전쟁 같은 주제를 좋아하지 않는 나로서는 이 영화가 지브리의 작품이 아니었다면 보지 않았을지도 모르겠다. 물론 영화 자체는 훌륭하고, 결국 재미있게 보긴 했지만 평소 관심도 없던 비행기와 그 비행기를 조종하는 돼지가 주인공이라니…. 여전히 지브리가 아니었다면 안 봤을 영화다.

포르코 로쏘

미야자키 하야오가 〈붉은 돼지〉와 관련해 진행한 인터뷰를 본 적이 있다. 그는 파시스트들이 공산

주의자들을 '포르코 로쏘(Porco Rosso, 붉은 돼지)'라고 부른 적이 있었을 거라고 생각한다고 했다. 포르코 로쏘라는 말이 모욕적인 말로 사용된 시기가 있었고, 공산주의자들을 '붉은 돼지놈'이라고 부른 시대가 있었다고 했다.[15]

〈붉은 돼지〉의 배경은 1929년, 무솔리니가 이끄는 파시스트당 치하의 이탈리아다. 주인공 포르코 로쏘는 전직 군인이자 파일럿이었지만, 1차 세계대전에서 전우들을 잃고, 파시즘에 점령당한 조국을 떠나 공적(空賊, 하늘에서 활동하는 해적) 사냥꾼으로 살아간다.

주인공 포르코는 한때 사람을 좋아했고 조국을 사랑했던 군인이었다. 하지만 그는 전쟁 속에서 사랑하는 친구들의 죽음을 겪었고, 믿었던 조국이 변질되는 모습을 보게 된다. 그래서 그는 스스로 **돼지가 되길 선택**한다. 파시스트가 되느니 돼지인 편이 낫고, 돼지에게는 국가도 법도 없으며, **그 딴 것은 인간끼리 많이 하라**는 그의 말 한마디 한마디에는 그가 얼마나 인간을 싫어하게 되었는지 선명하게 드러나 있다.

하지만 그런 포르코도 다시 인간이 되려고 한 순간이 있었다. 포르코의 비행기 설계를 맡았던

---

15 〈붉은 돼지〉 극장용 팜플렛, 미야자키 하야오 인터뷰 내용 중에서.

피오가 **포르코를 믿어요**, 라고 말했을 때, 커티스와의 시합에서 이긴 후 피오와 지나의 메시지를 들었을 때. 그는 다시 인간이 되려고 했다.

지금까지 겪었던 인간성의 부정적인 면과는 다른, '한 사람의 믿음과 사랑'을 만났을 때 그는 비로소 스스로 버렸던 인간성을 되찾고 싶어 한다. 그는 피오를 보면서 인간도 괜찮을 수 있겠다고 생각한다. 언제나 사람을 회복시키는 건 거대한 이념이나 사상이 아니라 한 사람의 사랑과 믿음이었다. 그 한 사람으로 인해, 우리는 변화하고 성장한다.

다양한 모습의 여성 캐릭터

나는 미야자키 하야오가 여성과 소녀를 다루는 방식, 서사를 좋아하는 편이다. 〈붉은 돼지〉에도 다양한 여성 캐릭터가 나오는데, 그들은 하나같이 괜찮은 사람들이며, 주인공에게 감동을 주는 인물들로 묘사된다.

제작 비화에 따르면 포르코의 비행정을 고치는 정비사들이 모두 여성이었던 것처럼 실제로 이 작품의 주요 스태프 대부분이 여성이었다고 한다. 당시에는 '여성이 만드는 비행기 영화'라는 사실 하나만으로도 현장 분위기가 들뜨고, 제작진들의 사기가 한껏 올라갔었다고.

스즈키 토시오는 당시에는 이것이 파격적인 발상이었지만 지금은 특별할 게 없는 (당연하고 흔한 일) 일이라고 말했다. 근데 이를 어쩌나…. 나는 이 제작 비화를 알게 되었던 몇 년 전에도 "34년 전에 이런 일을 했다고? 지금도 불가능한 일인데?"라며 감탄사를 연발했다.

안타깝게도 지금 역시 이런 발상은 여전히 특별하고 흔하지 않은 일이다.

연어 뫼니에르

영화의 배경이 유럽이기 때문에 〈붉은 돼지〉에 나오는 음식은 전부 서양 음식들이다. 극 중 포르코가 먹었던 뫼니에르(Meunière, ムニエル)는 프랑스 음식인데, 이탈리아와 프랑스가 서로 자기네 음식이라고 주장한다는 이야기를 어딘가에서 본 적이 있다.

국경이 맞닿아 있는 나라들은 기후가 비슷하기 때문에 식재료가 비슷할 수 있고, 식문화 면에서도 서로 자연스럽게 영향을 주고받았을 것이다. 그래서 일본 식문화가 더욱 독특하게 느껴진다. 유럽과 국경을 맞댄 것도 아닌데 서양 음식의 영향을 이렇게나 많이 받다니. 무엇이든 새로운 것은 거부감 없이 받아들였던 걸까? 그런데도 단순히 받아들이는 것이 아니라 모든 음식을 일본화

했다는 점이 놀랍기도 하고. 아무튼 참 흥미롭다.

지금 소개하려는 연어 뫼니에르도 일본 가정식으로 잘 알려진 음식이다. 포크커틀릿, 스파게티, 크로켓, 커리, 오믈렛 같은 음식들이 돈가스, 나폴리탄, 고로케, 카레, 오므라이스로 변형되면서 일본의 대표적인 가정식, 소울푸드가 된 것처럼 말이다.

연어 뫼니에르 만들기

재료: 연어, 삶은 당근(또는 감자, 시금치 등), 버터 30g, 타임 2줄기, 마늘 1쪽, 밀가루, 생크림 1컵, 레몬, 소금, 후추

① 연어를 소금, 후추로 밑간한다.

② 연어 앞뒤로 밀가루를 고르게 묻힌 뒤, 한두 번 가볍게 털어준다.

③ 팬을 약불로 달군 후, 버터를 넣어 녹인다.

④ 타임과 마늘 한 쪽을 넣고, 연어를 앞뒤로 2분씩 총 4분간 구워준다.

⑤ 구운 연어를 건져내고, 남은 버터에 삶은 당근(또는 감자, 시금치 등)을 넣어 노릇하게 구워준다.

⑥ 채소를 건져낸 팬에 생크림을 넣고 약불에서 끓이다가, 끓기 직전에 불을 끄고 소금, 후추로 간한다.

⑦ 접시에 구운 연어와 채소를 담고, 소스를 뿌린 뒤 레몬즙을 살짝 끼얹어 완성한다.

뽀모도로 스파게티

포르코의 비행정을 고치기 위해 들른 피콜로의 사업장에서 먹은 피콜로표 토마토 스파게티. 특별한 재료 없이, 기본에 충실한 토마토 스파게티였다. (파산 직전이어서 그랬을까?) 그런데, 포르코가 맛있게 먹는 걸 보니 이 심플한 뽀모도로(Pomod'oro) 스파게티가 정말 맛있었나 보다. 어쩌면 피콜로 영감은 요리 고수였을지도 모르겠다. 기본 재료만으로 맛있는 요리를 만들어내는 게 보통 어려운 일이 아닌데 말이다. 그건 진짜 고수만 할 수 있는 일이다.

뽀모도로 스파게티 만들기

재료: 스파게티 면 1인분, 토마토 홀 200g, 다진 마늘 1숟가락, 올리브 오일, 소금, 후추, 설탕

① 달궈진 팬에 올리브 오일을 두르고, 다진 마늘을 넣어 약불에서 볶아준다.

② 마늘 향이 올라오면 토마토 홀을 넣고, 소금, 후추, 설탕으로 간을 한 뒤 몇 분간 끓인다.

③ 스파게티 면을 삶아준 뒤, 물기를 제거한다.

④ 삶은 스파게티 면을 토마토소스에 넣고 1분간 섞어주며 가열한 후 완성한다.

8

비엔나 소세지와 계란말이를 곁들인 도시락, 날것의 로맨스

바다가 들린다(1993)

어쩌면, 온통 서투르고 별것 없는 이야기분이라 첫사랑이라는 대단한 이름을 붙인 걸지도 모르겠어

원제: 海がきこえる, Ocean Waves
감독: 모치즈키 토모미
일본 개봉일: 1993. 5. 5. (TV 방영)
국내 개봉일: 2008. 6. (DVD, 비디오 출시)
상영시간: 72분
원작·각본: 히무로 사에코(원작), 니와 케이코(각본)
배경: 1990년대 초반 일본 고치현과 도쿄. 고치현의 향토 요리와 도시의 생활 차이에서 청춘의 고민과 인간관계를 은근히 엿볼 수 있다.
주요 등장인물: 모리사키 타쿠(고치현에 사는 고등학생), 무토 리카코(타쿠의 동급생, 도쿄에서 전학 온 학생), 마쓰노 유타카(타쿠의 친구)

지브리의 몇 안 되는 로맨스물 중 하나. 장편 애니메이션이지만 영화관이 아닌 TV에서 방영한 스페셜 애니메이션이다. 〈바다가 들린다〉는 동명의 소설 『바다가 들린다』[16]를 바탕으로 만들어진 애니메이션으로, 제작 당시 '젊은 세대의 지브리를 만들어보자.'라는 기획하에 젊고 새로운 애니메이터들의 참여로 제작된 작품이다. TV 방영 당시 젊은 층으로부터 좋은 평가를 받았고 시청률도 높은 편이었는데, 미야자키 하야오는 유독 이 작품을 좋아하지 않았다고 한다. 스즈키 토시오는

---

16 『바다가 들린다(海がきこえる, The Ocean Waves)』, 히무로 사에코(Himuro Saeko) 지음,1990년부터 잡지 〈애니메이쥬(月刊アニメージュ)〉에 연재된 이후, 단행본으로 출간되었다.

미야자키 하야오가 이 작품을 좋아하지 않는 이유를 '자신이 만들지 못하는 젊은 작품이기 때문'이며 '그걸 인정하기 싫어서 저러는 것'이라고 했다.[17] 이 정도로 투명한 디스가 오갈 수 있다는 건 둘의 우정이 아주 단단했다는 뜻이기도 할 텐데, 나는 이런 우정⋯ 살짝 피곤하다.

〈바다가 들린다〉의 내용을 한마디로 요약하면 '고등학교 수학여행을 떠난 주인공이 절친의 짝사랑 상대에게 호감을 느끼면서 일어나는 일' 정도다. 이 설정만으로도 온갖 달달한 내용을 펼쳐낼 수 있었을 텐데, 감독 모치즈키 토모미는 환상적인 이야기는 배제하고 현실적인 이야기만 담아냈다. 그러니 당연히, 로맨스물에서 기대하는 극한의 달달함이나 판타지적 요소는 찾을 수 없다. 그렇다면 캐릭터라도 매력적이어야 할 텐데 나는 〈바다가 들린다〉를 보는 내내 남주를 보면서는 "아우 답답해." 여주를 보면서는 "왜 저래?"라는 말을 반복했다.

위에서도 언급했듯 〈바다가 들린다〉는 당시 좋은 평가를 받았던 작품이다. '작품이 별로다.'라기보다는, '내가 기대하는 로맨스와는 방향이 달라

---

17 2003년에 발매된 〈바다가 들린다〉 공식 DVD에 특전으로 수록된 '制作スタッフ座談会(제작 스태프 좌담회)'에서 핵심 제작자들이 모여 작품에 대해 이야기할 때 나온 내용을 기반으로 작성했다.

서 내 스타일이 아니었다.'라고 평가하고 싶다.

생각해보면, 수준 높은 로맨스를 기대하는 것 자체가 말이 안 되는 상황이긴 하다. 청소년기, 짝사랑하는 상대에게 삐그덕거리며 말하고 고장이라도 난 것처럼 행동하는 게 이상하지 않으니 말이다. 그러니, 달달함이 난무하는 판타지적 로맨스보다는 이런 날것의 현실적인 로맨스가 오히려 연애 공부(?)를 제대로 할 수 있는 좋은 교과서가 될지도 모르겠다. 공부를 잘하려면 교과서의 내용을 오독하지 않아야 하듯, 〈바다가 들린다〉로 로맨스를 공부하려면 무엇이 이들의 관계를 망쳤는지 잘 파악해야 한다. 나는 이 영화에서 관계를 망치는 빌런은 단연 '타쿠'라고 생각했다. 보통은 까칠하고 이기적인 리카코가 이 로맨스의 빌런이라고 오해하기 쉽지만, 관계를 망치는 건 보통 타쿠의 애매모호함이었기 때문이다. 관계의 파동을 무반응과 회피로 일관하며 파릇하게 올라오는 마음을 무효로 만들어버리는 타쿠식 로맨스는 모든 로맨스의 독으로 꼽을 만하다. 내가 영화를 보면서 "답답해!"라고 일관했던 이유이기도 하고.

언애하고 싶은가? 그렇다면 '모두에게 좋은 사람'으로 남으려는 욕심부터 버리자.

점심 도시락

주인공이 청소년이고 주 배경이 학교라면 반드시 나오는 요소가 있다. 그건 바로 점심 도시락! (아, 물론 일본 애니에서만 그렇다.) 〈바다가 들린다〉의 주인공들은 고등학생이기 때문에 학교에서 도시락 먹는 장면이 나온다. 나와 연령대가 비슷한 사람이라면 도시락에 대한 추억 하나쯤은 있을 것이다. 나는 지금도 도시락을 좋아하는 편이고, 도시락에 향수가 있다. 애니에 도시락이 나오면 유심히 보고 따라 만들어보기도 한다. 그래도 한국 초, 중, 고등학교 학생들이 도시락이 아닌 급식을 먹게 된 것은 여러모로 다행인 일이라고 생각한다.

도시락을 싸본 사람은 알겠지만 메뉴 선정부터 완성까지 얼마나 품이 많이 드는지 모른다. 그뿐

만이 아니다. 도시락을 가지고 다녀야 하는 사람도 그 피로함을 이루 말할 수 없다. 옛날부터 도시락은 가지고 다니는 게 아니라, 모시고 다녀야 하는 애물단지였다. 허약한 도시락통은 조금만 흔들려도 반찬이 다 섞이기 일쑤였고, 김치라도 싸가는 날엔 책가방 속 책들이 붉게 물드는 대참사가 벌어지기도 했다.

어디 그뿐인가? 도시락 반찬은 빈부격차를 드러내는 강력한 도구이기도 했다. 어린 시절, 도시락에 담긴 우리 집의 '빈'이 확인되는 날이면 누가 볼까 봐 게 눈 감추듯 도시락을 먹어 치웠던 기억이 난다. 이런저런 이유로 한국에서 도시락 문화가 사라진 건, 모두에게 행운이라고 생각한다.

그에 비해 일본은 오히려 도시락 문화가 예전

보다 더 강화된 듯해 보였다. 일본 유튜브 영상이나 드라마, 영화, 애니메이션을 보더라도 도시락은 자주 등장하는 중요한 요소로, 여전히 도시락 문화가 남아 있는 것으로 파악된다. 그래서 확인차 일본인 친구에게 도시락 문화에 관해 물어본 적이 있다. 친구의 대답을 정리해보자면 이렇다.

"지역마다, 학교마다 조금씩 다르지만, 아직도 많은 사람이 도시락을 챙겨 다닌다."

"직장인들도 도시락을 싸오는 경우가 많다."

"도시락 종류가 정말 다양하고 도시락 전문점도 여기저기 많이 있다."

내가 수집한 정보와 친구가 이야기한 내용을 정리해보니, 일본인들은 그냥 도시락 자체를 사랑하는 게 아닐까 싶었다.

내가 도시락 문화가 사라진 건 여러모로 다행인 일이라고 언급했기 때문에 오해할 수도 있지만, 위에서도 밝혔듯 나는 **도시락을 아주, 아주 좋아한다.** 어떤 때는 미디어 속 아기자기한 도시락에 이끌려 직접 따라 만들어보기도 하고, 또 어떤 때는 온갖 신통방통한 캐릭터 도시락과 작고 귀여운 밑반찬을 담은 도시락 사진을 모으기도 한다. (사실 취미라서 좋아하는 것이지 일이 되면 싫어하게 될 수도 있다.)

이왕 도시락 얘기가 나왔으니, 애니메이션에

반복해서 등장하는 (내가 좋아하는) 도시락 반찬 몇 가지를 소개해보겠다.

계란말이

일본식 계란말이(卵焼き, 타마고야키)는 가다랑어포 향이 은은하게 나는 단맛이 특징이다. 간 무를 함께 곁들여 먹기도 한다.

재료: 달걀 3개, 다시(가다랑어포와 다시마를 끓인 육수) 1/3컵, 미림 0.5숟가락, 간장 0.3숟가락, 설탕 0.5숟가락, 소금 약간

① 달걀을 잘 풀어준 뒤 체에 밭쳐 알끈을 걸러준다.
② 달걀물에 준비한 재료를 모두 넣고 잘 섞는다.
③ 달군 팬에 식용유를 두른 뒤, 키친타월로 코팅하듯 발라준다.
④ (약불에서) 달걀물을 조금씩 나눠 팬에 넣고, 다 익지 않은 상태에서 말아준다.
⑤ ④의 과정을 반복하며 모양을 잡는다.

빨간 비엔나 소시지

일본의 비엔나 소시지(ウインナー, 우인나)는 우리가 흔히 생각하는 비엔나 소시지보다 더 빨갛고 길다. 요즘은 한국에서도 기존보다 길쭉한 비엔나 소시지가 많이 나오는데, 길쭉한 비엔나 소시지를 만나거든 꼭 문어 모양 소시지(タコさんウインナー, 타코상 우인나)로 만들어보길 바란다.

재료: 비엔나 소시지, 양배추, 장식용 파슬리

① 비엔나 소시지를 중간부터 세로로 잘라 문어 다리를 만든다. 대략 * 모양으로 잘라주면 된다.

② 달군 팬에 식용유를 살짝 두르고 소시지를 넣어 볶는다. 문어 다리가 펼쳐질 때까지 볶으면 된다.

츠케모노

츠케모노(つけもの)는 각종 채소를 소금에 절인 음식이다. 대표적인 일본 국민 반찬으로, 도시락 반찬으로 많이 사용된다. 부재료가 들어 있지 않은 주먹밥과 곁들여 먹기도 한다.

재료: 배추 10장(취향에 따라 원하는 채소 사용 가능), 당근 1/4개, 다시마(5×5cm) 1장, 굵은소금

① 배추는 적당한 크기로 썰고, 다시마와 당근은 채 썰어준다.

② 썰어둔 배추, 다시마, 당근에 굵은소금을 넣고 잘 섞는다. (소금 양은 채소 무게의 2~3%가 적당하다.)

③ 소금에 버무린 채소들을 지퍼백에 담고, 공

기를 최대한 빼내어 밀폐한다.

④ 냉장 보관하여 최소 2~4시간 절인다. (이때, 무거운 반찬통을 위에 올려 눌러주면 더욱 좋다.)

⑤ 절인 채소는 물기를 꼭 짜낸 뒤, 식초 1숟가락과 설탕 0.5숟가락을 넣어 버무려 완성한다.

가라아게

가라아게(からあげ)는 한국인에게도 익숙한 음식이다. 치킨 가라아게는 한국의 닭튀김과는 식감과 맛의 완급에서 확연한 차이를 보인다. 한국식 닭튀김은 소금과 후추로 간단히 밑간하고 밀가루와 전분을 혼합한 반죽을 쓴다. 반면, 일본식 닭튀김은 간장, 사케, 생강 등과 함께 단맛이 특징인 미림으로 재운 뒤 전분 옷을 입혀 튀겨내기 때문에 맛과 식감이 한국식 닭튀김과 약간 다르다. 개인적으로는 일본식 닭튀김이 밥반찬으로 좀 더 잘 어울리는 듯하다.

재료(4인분): 닭 다리 살 800g, 설탕 1숟가락, 청주 1숟가락, 생강즙 2숟가락, 간장 1.5숟가락, 후추 약간, 달걀 2개, 녹말가루, 식용유

① 닭 다리 살을 한입 크기로 자른다. 이때, 살과 닭 껍질 사이의 노란색 기름을 제거한다.

② 닭고기에 청주, 설탕, 생강즙, 간장, 후추를 넣고 잘 섞은 뒤 20~30분 정도 재워둔다.

※ 청주 대신 맛술이나 미림을 사용할 경우, 설탕의 양을 줄이는 것이 좋다.

※ 소주보다는 청하를 사용하는 것이 더 적절하다.

③ 재운 닭고기에 달걀을 풀어 넣고, 녹말가루는 나누어 넣어가며 잘 섞어준다.

④ 웍에 식용유를 넉넉히 붓고 170도로 가열한 뒤, 닭고기를 튀긴다.

※ 한꺼번에 많은 양을 넣으면 기름 온도가 내려가므로, 반드시 조금씩 나누어 튀긴다.

⑤ 3분 정도 튀긴 후 건져내어 5분간 식힌다.

⑥ 기름 온도를 180도로 올린 후, 2분간 다시 튀겨준다.

※ 이 과정을 두 번 반복하면 더욱 바삭한 식감을 얻을 수 있다.

⑦ 튀김 망이나 키친타월을 깐 접시에 닭튀김을 올려 기름을 빼고, 샐러드 등과 함께 곁들여 먹는다.

9
절대 못 잃어,
맥도널드 햄버거
폼포코 너구리 대작전(1994)

우리는 여전히 정답을 모르지만
계속 고민해야 해

원제: 平成狸合戦ぽんぽこ, Pom Poko
감독: 다카하타 이사오
일본 개봉일: 1994. 7. 16.
국내 개봉일: 2005. 4. 28.
상영시간: 119분
원작·각본: 다카하타 이사오
배경: 1960~1970년대 일본, 급격한 도시화와 산업화 시기. 인간의 도시 확장으로 사라져가는 너구리들의 먹이와 서식지를 통해 자연 파괴와 생존의 위기를 보여주는 동시에 음식은 이를 보여주는 상징적 수단으로 동원된다.
주요 등장인물: 쇼키치(수컷 너구리), 키요(암컷 너구리, 쇼키치의 연인), 오로쿠 할머니(시노타마 숲의 수장인 너구리), 곤타(북부 타카라숲의 수장인 인간, 강경파)

환경과 관련 있는 지브리 작품들은 대체로 나를 꽤 큰 고민에 빠뜨린다. 그런데 이 작품은 웃으며 볼 수 있는 장면이 많아서였는지 유쾌하게 볼 수 있었다. 오히려 이 영화는 환경 문제보다 다른 지점에 의문을 품게 만들었다. 그건 바로 '왜 하필 주인공들을 너구리로 설정했을까?'에 관한 것이었다. 진짜, 왜 하필 너구리였을까?

바케다누키

한국인인 내게 너구리는 그리 친숙한 동물이 아니다. 어릴 적 이불을 뒤집어쓰고 봤던 〈전설의 고향〉에서 사람의 모습으로 변신해 사람을 홀리는 구미호(여우)를 본 적은 있지만, 아무리 떠올려봐도 너구리는 없었다. 전래동화 속에서도 호랑이나 까치는 자주 등장했지만, 너구리는 본 적이 없다.

〈폼포코 너구리 대작전〉을 보는 내내 너구리가 변신하거나 거대한 고환으로 무언가를 공격하는 장면, 배를 북처럼 두드리는 장면이 참 생소했다. 일본인들에게 너구리는 꽤 친숙한 동물인 모양이었다. 그래서 여러 자료를 찾아보니 일본에는 바케다누키(化け狸)라는 대표적인 요괴가 있고, 이 요괴가 바로 너구리라는 사실을 알 수 있었다.

바케다누키는 변신술에 능하며, 고환 가죽이 잘 늘어난다고 알려져 있다. 또, 북과 관련된 모습으로 많이 그려진다고 한다. 보통은 빵빵한 배를 두드려 소리를 내거나, 타악기를 좋아하는 모습으로 묘사된다. 이런 배경을 알고 나서 영화를 다시 보니 생소하게 느껴졌던 장면들이 조금씩 이해되기 시작했다. 생각해보면 내가 좋아하는 닌텐도 게임 〈동물의 숲〉, 〈슈퍼 마리오〉, 만화 〈이누야샤〉, 〈원피스〉 등에도 너구리 캐릭터들이 등장하지 않았던가!

그렇다. 일본에서 너구리는 정말 유명한 동물이었다!

가공된 다큐멘터리

〈폼포코 너구리 대작전〉의 배경은 1960년대, 개발 중이던 타마 뉴타운이다. 타마 뉴타운 사업은 여러 자치구에 걸친 대규모 주택 사업으로 일본 최대 신도시 개발 프로젝트였다. 개발 당시, 산 하나를 통째로 깎아내고 그 자리에 주택지를 조성했기 때문에 그 과정에서 많은 잡음이 있었다고 알려져 있다. 이 작품은 낭시를 배경으로 하고 있어서, 비록 가공된 이야기지만 일종의 다큐멘터리 같은 작품이라 할 수 있겠다. 다큐멘터리의 기본은 취재다. 이 영화도 실제 있었던 일을 바탕으로 이야기를 만들어야 했기 때문에, 제작에 앞서 타마 뉴타운 개발에 대해 깊이 취재했다고 한다. 역시 리얼리티를 중요하게 생각하는 타카하타 이사오 감독다웠다. 그리고 그는 깊이와 무게가 있는 또 하나의 작품을 만들게 된다.

이 영화는 너구리들의 입장에서 보면 슬픈 결말일 수밖에 없다. 타마 뉴타운이 결국 완공되었기 때문이다. 서두에서 나는 이 영화를 유쾌하게 보았다고 했지만, 사실 무거운 내용을 풍자하여 가볍고 코믹하게 풀어냈을 뿐, 실제로는 씁쓸한 주제를 담은 작품이다.

이런 작품을 만나면 나는 좀 괴롭다. 답이 명확하지 않기 때문이다. 어느 쪽에 서도 찝찝하기는 마찬가지고, 이렇게 저렇게 머리를 굴려봐도 답이 나오지 않는 영역이라 그렇다. 자연과 인간은 함께 살아왔고, 살고 있으며, 살아갈 것이다. 그렇다면 어떻게 지켜내고, 또 어떻게 공존해야 할까? 가장 적절한 균형점이 무엇인지 알 수 없어서 괴롭기 그지없다.

제작 비화에 따르면, 제작 기간이 예정보다 늘어나 개봉일이 미뤄지는 것을 막기 위해 결론부 10분을 잘라냈다고 한다. 감독이 원래 구상했던 시나리오에는 '자연을 소중히 하자고 말하는 쪽에도 문제가 있지 않은가?'라는 의문이 담겨 있었고, '세상은 결코 단순하지 않고, 인간은 복잡한 문제를 짊어지고 살아간다.'라는 메시지가 담겨 있었다고 한다. 하지만 나는 (10분이 잘려 나간) 이 영화를 보고도 감독과 비슷한 고민에 빠져버렸으니 결국, 감독의 의도가 제대로 전달된 게 아닌가 싶다.

맥도널드 햄버거

인간이 추진한 개발로 인해 너구리들의 보금자리인 자연이 훼손되었다. 삶의 터전을 잃은 너구리들은 할 수 있는 모든 방법을 동원해 인간의 개발을 막으려 했다. 하지만 인간이 만든 현대 문명의 편리함을 거부하는 너구리들은 아이러니하게도 편리해서 찾아 먹는 패스트푸드인 맥도널드 햄버거를 아주 좋아한다.

햄버거는 강경파 너구리조차 사로잡을 만큼 강력하고 유혹적인 음식이었다. "인간을 몰아내야 한다!"라고 소리치다가도 햄버거와 감자튀김 앞에선 언제 그랬냐는 듯 먹어 치우기 바빴다. 영화를 보면서 처음에는 그냥 좀 우스꽝스럽다고만 느꼈는데, 생각해보니 탄소중립을 외치면서 물티슈의 편리함을 버리지 못하는 나도 마찬가지인가 싶어 얼굴이 화끈거렸다.

나는 여전히 정답을 모른다. 영화도 정답을 제시하고 있지 않다. 아마 이 문제는 애초에 정답이 없는 이야기일지도 모르겠다. 개인의 자유 vs. 공공의 안전, 사생활 보호 vs. 범죄 예방, 경제 성장 vs. 노동자의 권리 보호, 동물 보호 vs. 인간의 필요, 인공지능(AI) 발전 vs. 인간의 역할과 윤리 등. 이런 문제들은 어느 한쪽만 맹목적으로 추구할 수 없는 것들이다. 우리는 이 복잡한 문제 속에서 어떻게 균형을 맞춰야 할지 매 순간 고민하며 살아간다. 어쩌면 우리는 계속해서 딜레마 속에서 살아야 할지도 모르겠다. 그래서 나는 이 영화가 정답을 주는 대신 끊임없이 고민하라고 요청하는 것 같다고 느꼈다. 완벽한 정답이 없더라도, 어떻게 해야 더 나은 방향으로 나아갈 수 있을지 계속 고민하는 것. 그것이 우리의 소임이 아닐까?

맥도날드 대표 햄버거, 빅맥 만들기

재료: 햄버거 번 3장(위·중간·아래), 소고기 패티 2장(각 약 45g), 체더치즈 슬라이스 1장, 잘게 다진 양상추, 잘게 다진 양파, 피클 슬라이스 2~3장

특제 소스 재료: 마요네즈 3숟가락, 머스터드 0.5숟가락, 피클 랠리쉬 1숟가락(다진 피클 대체 가능), 식초 약간, 설탕 0.5숟가락, 파프리카 가루·마늘 가루·양파 가루 조금씩

① 소고기 패티 두 장을 소금·후추로 간하고 노

룻하게 굽는다. (소고기 패티는 시중의 햄버거용 패티를 사용해도 좋다. 직접 만들 경우, 간 소고기에 소금·후추만 넣어 간단히 반죽해 사용한다.)

② 번 3장을 토스터나 팬에 살짝 구워 준비한다.

③ 아래 번에 특제 소스를 바르고 양파·양상추를 얹은 뒤, 패티와 치즈, 피클을 올린다.

④ 중간 번을 덮고 다시 소스·양상추·패티·피클을 얹는다.

⑤ 번으로 덮어 3단 구조로 완성한다.

10
첫사랑의
흔들림을 다독인
나베야키 우동
귀를 기울이면(1995)

그게 무엇이든 '나'라는 존재를 압도하지 않도록
자신을 잘 지켜내야 해

원제: 耳をすませば, Whisper of the Heart

감독: 콘도 요시후미

일본 개봉일: 1995. 7. 15.

국내 개봉일: 2007. 11. 22.

상영시간: 111분

원작·각본: 히이라기 아오이(원작), 미야자키 하야오(각본)

배경: 1990년대 도쿄, 가족과 친구의 일상 속에 녹아든 음식은 평범한 일상과 성장의 따뜻한 배경을 그려낸다.

주요 등장인물: 츠키시마 시즈쿠(중학생 소녀), 아마사와 세이지(시즈쿠의 남자친구), 니시 시로(세이지의 할아버지), 바론(고급 골동품 가게의 고양이 조각상)

설레는 첫사랑의 기억이 들려옵니다.

영화 〈귀를 기울이면〉 한국 포스터 전면에 쓰여 있는 글귀이다. 궁금해서 일본 포스터도 찾아보니 "好きなひとが、できました。(좋아하는 사람이 생겼어요.)"라고 적혀 있었다. 포스터만 봐도 알 수 있듯이, 이 작품은 로맨스물이다. 나는 이 작품에서 로맨스가 메인은 아니라고 생각하기 때문에 **모험-판타지-로맨스물**로 분류하고 싶다. 어디까지나 개인적인 의견이지만, 이 영화를 '설레는 첫사랑'과 같은 문구로 홍보하는 것은 적절하지 않다고 생각했다. 정말 다양한 이야기가 영화에 들어 있는데, 왜 하필 첫사랑 같은 단어를 채택했단 말인가…! **첫사랑이 뭐 그렇게 대단하다고… 쯧!**

〈귀를 기울이면〉은 미야자키 하야오의 뒤를 이어 지브리를 이끌 주역으로 기대받던 콘도 요시후미 감독의 작품이다. 콘도 요시후미는 1998년 지병으로 세상을 떠났기 때문에 이 작품은 안타깝게도 콘도 요시후미가 처음이자 마지막으로 감독을 맡은 작품이 되었다. 그는 현실적이고 실존적인 요소를 중요하게 여기는 애니메이터였다. 그가 참여한 작품들을 보면 과장되고 과도한 표현이나 특수효과 등은 거의 없다는 걸 알 수 있다. 제작 비화에 따르면 〈귀를 기울이면〉을 제작할 당시, 미야자키 하야오의 과도한 간섭으로 인해 그의 색채가 강하게 반영된 작품이 되어버렸다고 한다. 그럼에도 잔잔하고 일상적인 색채와 작화 스타일을 잃지 않았던 것은 역시 콘도 요시후미가 감독을 맡았기 때문에 가능했던 게 아니었을까 싶다.

첫사랑이 뭐라고

보통 '첫사랑'은 처음 하게 되는 짝사랑이나 첫 연애와 연결된다. 뭐든 처음 하는 것은 서투르고, 결과도 좋지 않기 마련이다. 첫사랑 이후 아쉬움이나 아련함 같은 감정을 느끼는 것은 너무나 자연스러운 일이 아닐까. 이런 이유로 '첫사랑'이라는 단어는 지금이라면 잘할 수 있을 텐데, 다시 돌아

간다면 그런 실수는 하지 말아야지, 같은 생각과 함께 묶여 있다. 우리, 냉정하게 생각해보자. 그때 그 시절로 다시 돌아간다고 해서 정말 달라질 것 같은가? 장담하는데, 그 연애는 또 망할 것이다. 지금의 나는 과거의 나와 모든 면에서 다르기 때문이다. 어쩌면 현재의 나는 과거의 첫사랑 상대를 좋아하지 않을지도 모른다.

영화의 끝 무렵, 시즈쿠와 세이지는 결혼을 약속한다. 영화는 그들의 미래를 구체적으로 보여주지는 않지만, 그들의 나이(중3)와 상황(세이지가 유학을 가야 하는 상황)에 대해서는 알려준다. 그래서 나는 그들의 약속이 1년도 채 지나지 않아 깨졌을 거라고 확신했다. (악마다, 악마…!) 물론, 영화가 열린 결말로 끝나기 때문에 둘이 첫사랑에 성공해 백년해로했을 거라고 생각하는 것도… 뭐, 당신 자유다.

내가 '첫사랑? 그거 별거 아니다.'라고 생각하는 것과는 관계없이, 어쨌거나 시즈쿠와 세이지가 괜찮은 관계를 맺는 건 사실이다. 세이지가 꿈을 이루어가는 모습에 반한 시즈쿠는 그를 통해 자신의 꿈을 발견하고, 세이지에게 뒤처지지 않기 위해 노력한다. 시즈쿠와 세이지는 비록 어리지만, 그 누구보다 바람직한 사이가 되어 서로에게 좋은 영향을 주며 함께 성장했다.

그래서 나는 처음부터 이 영화를 **모험-판타지-로맨스물**이라고 했다. 이 둘의 연애는 매우 이상적이지만, 상상 속에나 있을 법한 (현실에서는 존재하지 않는) 첫사랑 이야기이기 때문이다.

꿈을 좇는 소녀, 시즈쿠

시즈쿠는 세이지가 꿈을 좇는 모습에 영향을 받아 소설을 쓰기 시작했다. 시즈쿠 안에 원래 있었지만, 아직 드러나지 않았던 마음들이 자극된 셈이었다. 동기가 생겼다고 모두가 움직이는 것은 아니다. 하지만 시즈쿠는 반응했고, 행동으로 옮겼으며, 강한 의지로 자신을 이끌어갔다.

시즈쿠를 움직였던 동력은 이뿐만이 아니었다. 시즈쿠를 둘러싼 관계들 또한 그녀의 중요한 동력이었다. 등수가 100등이나 떨어졌는데도 네가 하고 싶은 걸 하라며 믿어준 부모님, 시즈쿠가 쓴 첫 소설을 정성껏 읽고 조언을 아끼지 않았던 시로 할아버지. 이들은 시즈쿠가 꿈에 다가갈 수 있도록 돕는 조력자였다. 시즈쿠가 꿈꿀 수 있었던 힘은, 시즈쿠 자신과 자신을 둘러싼 사람들에게서 나온 것이었다.

가공하면 오히려 빛을 잃는 원석

나는 시로 할아버지가 시즈쿠에게 원석을 보여주는 장면을 좋아한다. 할아버지는 시즈쿠와 세이지가 이 원석과 비슷한 상태라고 이야기한다. 원석 본래의 모습도 그 자체만으로 아름답지만 바이올린을 만드는 일이나 글을 쓰는 일은 그 안의 원석을 갈고 다듬어야만 하는 일이며, 동시에 구석에 있는 작은 돌들이 오히려 순도가 높을 수 있고, 더 좋은 원석은 숨어 있는 경우도 많다고 이야기해주었다. 순도 높은 것들은 잘 보이지 않기 마련이고, 그렇기에 모르고 지나칠 수도 있다는 뜻이었다. 자신을 믿지 못하던 시즈쿠에게 할아버지의 이 구체적이고 아름다운 언어는 얼마나 큰 위로가 되었을까.

하지만 할아버지의 조언에도 시즈쿠는 끊임없이 불안해했다. 그래서 성적이 100등이나 떨어질 정도로 글쓰기에만 몰두했고, 가족이 분담하기로 한 집안일조차 나 몰라라 했다. 세이지가 없는 3주 동안 소설을 완성하겠다는 것에만 집중한 채 글쓰기 이외에는 아무것도 하지 않았다. 꿈속에서도 뭔가에 쫓기는 듯했고, 심지어 소설을 쓸 때조차 불안 증세를 보였다. 하지만 결국 시즈쿠는 목표한 시간 안에 소설을 완성했고, 첫 독자가 되어주겠다고 약속한 시로 할아버지를 찾아간다.

"고맙다, 아주 좋았어."

시즈쿠의 소설을 다 읽은 할아버지의 첫 마디였다. 하지만 시즈쿠는 잘 알고 있었다. 자신의 첫 소설이 형편없다는 것을. 어쩌면 자기 안에는 원석 같은 것이 없을지도 모른다고 생각했을 것이다. 그래서 시즈쿠는 할아버지의 "좋았다."라는 평가를 선뜻 인정할 수 없었다. 소설을 쓰는 과정을 거치며 자기 객관화가 철저하게 이루어졌기 때문이었다.

그런 시즈쿠에게 할아버지는 덜 다듬어졌지만 가능성을 품은 세이지의 바이올린에 비유해, 시즈쿠 안에도 원석이 있음을 말한다. **거칠어도 괜찮고 서두를 필요 없으니, 천천히 다듬어가면 된다**고 따뜻하게 위로해준다.

그제야 시즈쿠는 울음을 터뜨린다. 아마도 여러 가지 감정이 몰려왔을 것이다. 나보다 앞서간다고 생각해 항상 조급하게 좇아가야만 했던 세이지도 실은 아직 덜 다듬어진 원석이었다는 안도감. 없을지도 모른다고 생각했던 원석이 자기 안에도 있을지 모른다는 기대감. 그리고 항상 불안해하던 자신의 마음을 꿰뚫어 본 할아버지의 위로에 대한 감사함. 이 모든 감정이 시즈쿠 안에서 요동쳤을 것이다.

사실 나는 앞서 언급한 시로 할아버지의 '작은

원석' 이야기보다 '큰 원석' 이야기를 훨씬 더 좋아한다. 할아버지는 큰 원석은 가공하면 오히려 빛을 잃는다고 했다.

타고난 본래의 나는 가공되었을 때, 꾸며졌을 때 오히려 빛을 잃을 수 있으니 내 존재의 원천인 **본래의 나**를 잃지 않아야 한다는 것. 순도 높은 작은 원석들을 찾아 다듬으며 주어진 재능을 가꾸는 것도 중요하지만, 그것이 '나'라는 존재를 압도하지 않도록 나를 지켜내야 한다는 것. 마지막으로 내가 노력하는 삶이, 나 자신을 잃어버리는 방향으로 나아가지 않아야 한다는 것.

시로 할아버지의 원석 이야기가 정확히 무엇을 의미하는지, 할아버지 앞에서 울음을 터뜨린 그 순간 시즈쿠는 비로소 깨닫게 되지 않았을까?

나베야키우동

나베야키 우동(鍋焼きうどん)은 일본 마쓰야마의 소울푸드로 알려져 있다. 나베(鍋)는 냄비, 야키(焼き)는 '굽다, 데우다, 끓이다'라는 의미로, 여기서는 냄비에 직접 끓여내는 조리법을 뜻한다. 달콤한 국물이 특징인 이 음식은 전쟁 직후 단 음식이 귀했던 시절에 만들어져 현재까지도 그 맛을 유지하고 있다. 나베야키 우동은 보통 우동과 달리 냄비에 모든 재료를 함께 넣어 끓여 먹는다. 그래서 그런지 일반 우동보다 면이 더 부드럽고 목 넘김이 좋다. 하지만 부드럽게 술술 넘어간다고 급하게 먹었다간 입안과 목구멍에 큰 타격을 입을 수 있으니 주의해야 한다. 나베야키 우동은 냄비나 뚝배기에 끓여내기 때문에 아주아주 뜨겁다.

시로 할아버지가 꺼낸 **나베야키 우동** 카드는

정말 시의적절한 선택이었다는 생각이 들었다. 나베야키 우동은 시즈쿠가 처음 쓴 소설이 할아버지 눈에 어떻게 비칠까 불안에 떨다가 먹은 음식이었다. 할아버지의 따뜻한 피드백에 대한 안도감 때문에, 눈물과 콧물이 범벅이 된 상태에서 먹어야 했던 음식이기도 하다.

나베야키 우동은 앞서 설명했듯이 **너무너무** 뜨겁기 때문에, 먹을 때 집중력이 필요한 음식이다. 우동 국물을 떠먹기 위해서는 반드시 **후~ 후~** 입김을 불어야 하고, 우동 면을 먹을 때도 입천장이 데지 않도록 주의해야 한다. 우리가 한숨을 쉬며 마음을 정리하듯, 시즈쿠도 나베야키 우동을 먹으며 한껏 차올랐던 감정을 차분히 가라앉힐 수 있지 않았을까? 그렇게 집중하며 먹은 뜨거운 우동이 속으로 들어가, 몸과 마음을 따뜻하게 데워주지 않았을까?

나베야키 우동은 "할아버지, 나이스!"를 외치게 만드는 그런 음식이었다.

나베야키 우동 만들기

[다시 육수 만들기]

재료: 다시마 3~4장(5x5cm), 가다랑어포 한 줌, 물 5컵

① 물에 다시마를 넣고 반나절 이상 우려낸다.

② 우려낸 다시마와 물을 끓이다가 물이 끓기 직전에 다시마를 건져내고 불을 끈다.

③ 불을 끈 상태에서 가다랑어포를 넣고 15~20 분 정도 우린 뒤 건져낸다.

[초간단 쯔유 만들기]

재료: 양조간장, 미림, 설탕

※ 간장과 미림, 설탕 비율은 4:1:1로 한다.

① 설탕을 냄비에 넣고 불을 켠다.

② 미림을 넣고 설탕이 녹을 때까지 약불에서 1 분간 은근히 끓이며 알코올을 날려준다.

③ 간장을 넣고 끓어오르기 전에 불을 끄고 식힌다.

(다시와 쯔유 레시피를 적은 이유는, 일본 음식을 만들 때 정말 자주 사용하기 때문!)

[나베야키 우동 만들기]

재료: 시금치, 당근, 표고버섯, 찐 어묵, 달걀, 우동면, 다시마, 쯔유

① 시금치는 한입 크기로 자르고, 당근은 꽃 모양으로 찍어낸다.

② 표고버섯은 십자 모양을 내고, 찐 어묵도 적당한 크기로 썰어 준비한다.

③ 다시 2.5컵에 쯔유 1/5컵을 넣고 끓인다. 끓

어오르면 불을 끄고 그대로 둔다.

④ 끓는 물에 우동 면을 한 번 데쳐낸다. (살짝 담갔다가 빼는 정도로 가볍게 데치면 된다.)

⑤ 뚝배기나 냄비에 우동과 준비한 재료들을 올린 후, 국물을 부어준다.

⑥ 달걀 한 개를 깨 넣고 끓이다가 달걀이 반숙 상태가 되면 불을 끈다.

11

아시타카의
허한 마음을 달래준
지코보의 미소 죽

모노노케 히메(1997)

당신을 구원할 수는 없지만
함께 살아갈 수는 있어

원제: もののけ姫, Princess Mononoke
감독: 미야자키 하야오
일본 개봉일: 1997. 7. 12.
국내 개봉일: 2003. 4. 25.
상영시간: 133분
원작·각본: 미야자키 하야오
배경: 무로마치 시대(1392~1467년). 음식은 숲과 인간의 생존 방식 차이를 보여준다. 먹고 먹히는 관계 속에서 인간과 자연의 갈등을 드러낸다.
주요 등장인물: 아시타카(에미시족 왕자), 산(들개가 키운 소녀), 에보시 고젠(타타라 마을 수장)

〈모노노케 히메〉는 명작으로 손꼽히는 애니메이션 작품이다. 감독 미야자키 하야오, 작품 구상 기간 16년, 제작 기간 3년, 제작 예산 200억 원에 달하는 그야말로 어마어마한 작품이다. 일본에서는 무려 1년간 극장에서 상영되었으며, 일본 내 관객 수만 1,420만 명이라는 기록을 남겼다.

〈모노노케 히메〉를 처음 봤을 당시, 나는 징그럽고 무서운 것을 잘 보지 못하는 사람이었다. 촉수로 뒤덮인 재앙신, 목이 잘린 사슴 신 몸속에서 터져 나오는 검은 덩어리들, 유혈이 낭자한 묘사 등이 주는 충격이 너무 커서 영화 자체에 몰입하기가 어려웠다. (아직도 이게 왜 전체 관람가인지 이해할 수가 없다.) 여러 차례 다시 보면서 첫인상이 주었던 놀람을 가라앉힐 수 있었고, 그제야 비로소 영화를 제대로 볼 수 있었다.

나는 정답을 주는 것보다 질문을 주는 것들을 더 좋아하는 편이다. 답을 찾아가는 과정이, 정답이 주어지는 것보다 나를 더 성장하게 만들기 때문이다. 내가 찾은 답이 혹 오답일지라도 아무 대가 없이 주어진 정답보다는 내게 더 유익하다고 생각한다. 그런 관점에서 볼 때 〈모노노케 히메〉는 내게 좋은 선생과도 같은 작품이었고, 실제로 어려운 질문을 많이 던져준 영화이기도 하다.

인간으로 태어나, 인간의 삶을 살아온 나는 자연스럽게 인간 중심적인 시각으로 세계를 해석해 왔다. 인간에게 유익한 것이 곧 선한 것이라고 아무 의심 없이 받아들였던 나는, 이 영화를 보고 나서 내가 당연하고 마땅하게 누려왔던 것들이 어쩌면 누군가에겐 희생이었을 수도 있겠다는 사실과 마주했다. 내가 의도한 적은 없지만, **나도 문제의 일부였음을** 인정해야 했던 영화가 바로 〈모노노케 히메〉다.

왜 원령공주라고 불렸던 거지?

내가 어릴 때, 이 영화는 '모노노케 히메'가 아닌 '원령공주'로 불렸다. 당시에는 그 이유를 몰랐고, 왜 그렇게 불리는지에도 관심이 없었다. 나중에 알고 보니 영화 개봉 당시 한 평론가가 모노노케 히메를 원령공주라고 번역해 글을 썼고, 이것이 개봉 전에 널리 퍼지면서 그렇게 불리게 되었다는 **시시한 사실**을 알게 되었다. (어마어마한 이야기가 숨어 있을 거라고 예상했는데…) 이외에도 제목에 관한 재미있는 비화들이 몇 가지 더 있다. 원래 미야자키 하야오 감독은 〈모노노케 히메〉의 제목을 '아시타카 전기'로 하자고 제안했다고 한다. 귀에서 귀로 전해 내려온 이야기라는 의미에서였다. 하지만 〈모노노케 히메〉 쪽이 훨씬 대중적이라고 판단한 관계자들은 감독에게 알리지 않은 채 〈모노노케 히메〉로 TV 광고를 내보냈고, 나중에 이 사실을 알게 된 미야자키 하야오는 극대노했다고…. 〈모노노케 히메〉를 **아시타카 전기**라고 부를 뻔했다고 생각하니, 뭔가 아찔한 건 나뿐인 걸까?

모르겠어, 하지만 함께 살아갈 수는 있어

아시타카는 자연과 인간의 중재자였다. 산과의 만남 이후 그는 자연과 인간이 함께 공존할 방법에 대해 고민했고, 결국 산과 함께 살아가기를 선택한다. 미야자키 하야오 감독은 인터뷰를 통해 아시타카가 산과 함께 살면서 상처투성이가 되겠지만, 그럼에도 굴복하지 않는다고 이야기한 바 있다.

네가 그녀를 구원할 수 있을 것 같냐는 질문에, 그건 모르지만 함께 살아갈 수는 있다고 대답한 아시타카는 누구보다도 자신의 한계를 잘 아는 사람이었다. 나는 아시타카의 이 대답에서 그가 가진 신념의 확고함을 읽었다. 그의 답변은 중재자의 삶을 살기로 결심했지만, 결국 중재하지 못할 수도 있다는 가능성을 포함하고 있다.

사람은 무언가를 선택하고 행동할 때 그 선택의 결과가 좋기를 바라며, 나아가 보상받기를 원한다. 누구나 비관적인 결말을 바라며 살아가지는 않을 테니 말이다. 하지만 아시타카는 달랐다. 혹여 비관적이고 슬픈 결말을 맞이하더라도 그 과정에서 자신이 상처투성이가 될지언정 함께 사는 것이 옳다고 믿었기에 그런 선택을 할 수 있었다.

영화는 내게도 같은 질문을 던진다.

"네가 ○○을 구원할 수 있을 것 같아?"

이 질문 앞에서, 나는 과연 아시타카와 같은 대답을 내놓을 수 있을까?

흥미로운 인간상, 지코보

등장인물 중 아주 흥미로운 캐릭터가 하나 나오는데, 그는 스님으로 설정된 캐릭터 지코보이다. 높은 나무 굽 신발을 신고 어찌나 빠르게 달리던지. 그 모습만으로도 나의 호기심을 자극하기에 충분했다. 딱히 선한 의도도 악한 의도도 없이 상황에 따라 무언가를 얻기도, 버리기도 하는 지코보는 살면서 가장 흔하게 만날 수 있는 인간상이다. 지코보는 그저 자신이 처한 상황을 어떻게든 살아내려 했던 사람이었다. 그의 태도는 결과적으로 자연이나 타인에게 해를 끼쳤지만, 그것은 지코보가 악하기 때문이 아니었다.

나는 그를 보며 나를 포함한 대부분의 사람이 지코보와 비슷한 태도로 살아가고 있다고 생각했다. 그저 주어진 삶에 최선을 다할 뿐이고 특별히 악한 의도를 가진 것도 아니지만, 지극히 자기중심적인 태도와 선택들로 인해 내가 아닌 다른 누군가에게, 혹은 어떤 무엇에 상처를 입힐 수밖에 없는 삶을 우리 모두가 살아가고 있다고 생각한다. 이런 것들이 하나하나 모여 얽히고설켜 지금의 세상이 만들어진 것일 테니 망가진 세상을 형성하는 데 나도 일조한 것일 수 있겠다. 나의 말, 행동, 선택의 무게는 내가 생각했던 것보다 훨씬 무겁다.

지코보의 미소죽

지코보와 아시타카가 처음 만난 장면을 기억하는가? 지코보는 시장에서 덤터기 쓸 뻔한 아시타카를 구해주고, 그 대가로 자신이 필요한 것을 얻어낸다. (계속 말하지만, 지코보는 남을 도울 때도, 해를 끼칠 때도 그 동기가 모두 **자기 자신**이다. 역시 명불허전 지코보.) 아무튼 지금부터 소개할 음식은 지코보가 아시타카를 시장에서 구해준 뒤 동굴에서 함께 먹은 미소 죽이다. 미소 죽은 떠돌이 생활을 하고 있는 지코보가 쉽게 지니고 다닐 수 있는 식재료를 사용해 만든 간단한 음식인데, 별 기대 없이 만들어 먹었다가 생각보다 맛있어서 꽤 놀랐다. 한국 된장에 비해 염도가 낮은 미소를 넣었기 때문에 이 죽은 맛이 순하고 목넘김이 편안하다. 먹고 난 뒤에는 속이 따뜻해진 걸 보니 아시타카의 허한 마음을 가볍게 달랠 수 있었던 좋은 음식이 아니었나 싶다.

미소 죽이 나오는 장면을 자세히 보면 죽에 들어가 있는 정체 모를 건더기들이 눈에 띈다. 이게 파 같기도 하고, 다시마 같아 보이기도 해서 처음 만들 때 재료 선택에 조금 고민했었다. 고민 끝에 결국 맛을 고려해서 다시마를 선택했는데, 완성된 죽을 먹어보고는 내 판단이 옳았다 싶어 내심 기분이 좋았던 기억이 있다. 정처 없이 떠도는 지코보의 특성을 고려했을 때도 **역시 파보다는 오랫동안 휴대해도 변질되지 않는 다시마가 맞지 않을까?** 싶다. 아, 이건 어디까지나 나의 추측일 뿐이다.

미소죽 만들기

재료: 불린 쌀(1인분 분량), 다시 육수, 미소(일본식 된장) 0.5숟가락, 참기름(선택)

① 다시 육수를 준비한다.

※ 〈귀를 기울이면〉의 나베야키 우동 레시피 중 [다시 육수 만들기] 참고

② 냄비에 참기름을 한 바퀴 두르고, 불린 쌀을 넣어 약불에서 볶는다.

③ 쌀에 있던 수분이 사라질 때쯤 다시 육수를 붓는다.

④ 육수가 살짝 걸쭉해지면 잘게 자른 다시마를 넣는다.

⑤ 육수의 양이 반쯤 줄어들면 미소 된장을 풀어 넣고, 계속 저어가며 끓인다.

⑥ 원하는 농도로 걸쭉해지면 그릇에 담아 완성한다.

12
밥과 국 사이에
일어난 작은 전쟁
이웃집 야마다 군(1999)

국에 밥을 말면 안 돼, 밥에 국을 부어야지!

원제: ホーホケキョとなりの山田くん, My Neighbors the Yamadas

감독: 다카하타 이사오

일본 개봉일: 1999. 7. 17.

국내 개봉일: 2006. 6. 8.

상영시간: 104분

원작·각본: 이시이 히사이치(원작), 다카하타 이사오(각본)

배경: 1990년대 일본. 가족이 함께하는 평범한 식사 장면 속에서 웃음과 갈등, 그리고 소소한 행복을 맛볼 수 있다.

주요 등장인물: 야마다 노노코(초등학생), 야마다 노보루(노노코의 오빠), 야마다 타카시(노노코의 아버지), 야마다 마츠코(노노코의 어머니), 야마노 시게(노노코의 외할머니)

〈이웃집 야마다 군〉은 한국 대중에게 잘 알려지지 않은 작품이다. 일본에서도 흥행에 실패한 작품이고, 작화 또한 지브리와 연관성이 없어 보이기 때문에 지브리에 관심 없는 사람들은 이게 지브리 작품일 거라고 생각하지 못한다.

〈이웃집 야마다 군〉은 스즈키 토시오가 평소 재미있게 보던 아사히 신문의 4컷 만화를 영화로 만들면 어떨까 하고 시작된 영화다. 이후 그는 지브리에서 일상물을 가장 잘 만드는 타카하타 이사오에게 자연스럽게 제작을 제안했는데, 이 제안을 들은 타카하타 이사오는 그 자리에서 불같이 화를 내며 거절했다고 한다. 하지만 스즈키 토시오가 누군가? 지브리의 명프로듀서가 아닌가! 그는 타카하타 이사오의 의중과는 상관없이 그냥 밀어 붙였다고. 오직 그가 이 만화를 영화로 만들어줄 거라는 확신 하나만 가지고 말이다.

언젠가 나는 이 일화에 대해 곰곰이 생각해본 적이 있었다. '만약 내가 다니는 회사에 스즈키 토시오나 타카하타 이사오와 같은 동료가 있었다면 어땠을까?' 하고 말이다. 말 많고 탈 많던 4컷 만화를 결국 장편 영화로 만들어낸 그들이 참 대단하고 존경스러우면서도, '내 동료였다면?' 하고 상상해보니 몸서리가 쳐졌다. 아마 나는 조용히 사직서를 제출했겠지.

아무튼, 이 둘의 다른 기질과 성향이 서로에게 (만큼은) 좋은 영향을 주었던 게 분명하다. 각자가 가진 재능이 서로에게 영향을 주기도 했겠지만, 무엇보다 이들이 함께했던 오랜 세월이 그들을 이렇게 훌륭한 팀으로 만들었을 터다. 시간을 건너뛴 관계란 존재하지 않으니까.

코미디 그 어디쯤

감독은 원작의 에피소드를 추려내는 과정에서 정말 재미있는 에피소드는 다 빼버렸다고 한다. 지금까지 지브리에서 나온 작품들과 결도 다를뿐더러 내세울 만한 캐릭터도, 마음을 빼앗는 대단한 스토리도 없는 상황에서 재미있는 내용까지 다

빼버렸다니, 이건 또 무슨 흥행 말아먹는 소린가 싶었다. (실제로 흥행 참패)

하지만 〈이웃집 야마다 군〉을 제대로 보고 나면 생각이 좀 달라진다. 사람마다 웃음 포인트가 다르니 분명 호불호가 나뉠 수 있지만 배꼽 빠지게 웃는 것보다 몇 초 간격을 두고 피식거리는 걸 좋아하는 사람이라면 정말 환장하게 좋아할 만한 영화다. 영화 속 여러 인상적인 장면과 그 안의 묘한 대사들을 계속 곱씹다 보면, 영화에 대한 애정도가 올라가는 걸 느낄 수 있을 것이다. 과도하지 않고 절제된 개그가 〈이웃집 야마다 군〉의 절대적인 매력이다.

뿐만 아니라, 누구나 공감할 수 있는 평범한 소재로 만들어졌다는 점 또한 이 영화의 또 다른 매력이다. 일본 문화를 잘 모르더라도 등장하는 캐릭터나 그들이 사는 이야기를 들여다보고 있으면 '저 얘기 우리 집 얘기 같은데?' 하며 한 번씩 껄껄 웃게 된다.

동아시아 나라들은 서로 견제하느라 **내 거니, 네 거니, 내가 맞니, 네가 맞니** 하며 지금까지도 뚝딱거린다. 그래도 우리가 옛적부터 비슷한 정서와 문화를 공유하며 영향을 주고받았음을 인정해야 한다. 서로의 닮음을 바라보며 그저 피식 웃어버리는 거다. 너와 나의 삶이 코미디 어디쯤 있다는 사실에 한 번 더 피식 웃어버리면, 고통이 가득한 세상에서 조금이라도 힘을 빼고 살아갈 수 있지 않을까?

국에 밥을 말아야 할까, 밥에 국을 부어야 할까

노보루의 아버지는 국에 밥을 말아 먹으려는 노보루에게 잔소리한다. 국에 밥을 말면 안 되고 밥에 국을 부어 먹어야 한다는 것이다. 참 이상해 보이는 이 말의 배경은 이렇다. 사춘기 아들 노보루와 친밀해지기 위해 여러 시도를 하다 아들에게 은근히 거절당한 아버지 타카시가 '부권 회복'을 위해 괴상한 논리로 노보루의 행동에 간섭하며 한 말이었다.

국에 밥을 말든, 밥에 국을 붓든 그게 그거라 생각한 노보루는 "왜 안 되는 거야?"라고 묻지만, 이미 마음이 상해버린 타카시는 자신의 서운한 감정을 앞세워 "왜, 불만이냐?"라는 말로 받아친다. 서운하면 서운하다고, 속상하면 속상하다고 말하면 될 일을 꼭 다른 문제까지 끌어와 억지를 부리고 만다. 국에 밥을 말든, 밥에 국을 붓든 그것은 단지 방법의 차이일 뿐이고 각자 편한 방식을 취하면 되는 일인데, "왜, 불만이야?" 같은 어처구니없는 말로 상황을 복잡하게 만들어버린다.

이 에피소드는 애초에 타카시가 사춘기 아들과

친해지고 싶어 해서 벌어진 일이었다. 아버지의 권위를 세우기 위해서가 아니라, 애초에 아들을 사랑했기 때문에 생긴 일이었다는 뜻이다. 보이지는 않지만 이미 존재하는 마음을 서로에게 조금만 설명했더라면, 이런 유치한 다툼은 일어나지 않았을 텐데 말이다.

생강 미소국 만들기

재료: 유부 1장(20g), 배추 1장, 생강 1개, 미소 2숟가락(듬뿍), 물 2컵, 혼다시(해물 베이스 조미료) 1.5숟가락

① 유부는 끓는 물에 넣었다가 빼내어 기름기를 살짝 제거한다.
② 유부와 배추는 세로로 2등분한 후, 가로 1cm 폭으로 자른다.
③ 생강은 얇게 채 썰어 준비한다.
④ 냄비에 물을 넣고, 준비한 재료들과 혼다시를 함께 넣어 중불에서 끓인다. 배추의 숨이 죽으면 (약 2분 후) 미소를 넣고 30초간 더 끓인다.

자유이니까 알아서 하라는 게 더 어려워

〈이웃집 야마다 군〉을 보면서 딱 한 번, 일시 정지를 누른 적이 있다. 아들 노보루가 아버지 타카시

에게 '자유 연구 주제'에 대해 생각해달라고 했던 장면이다. 애초에 주제가 자유였기 때문에 그게 뭐든 한 가지 주제를 정해서 쓰면 되는 일이었다. 하지만 노보루는 오히려 자유이기 때문에 아무것도 생각나지 않는다고 했고, 그런 아들을 보며 타카시는 이렇게 말한다. 알아서 하라고 하니 더 어렵다고. 늘 동경하던 자유도 막상 자유가 주어지면 무엇을 해야 할지 알기 어렵다고.

　나름 자유로운 삶을 살아왔다고 생각하는 나에게도 당장 완전한 자유가 주어진다면 뭘 해야 좋을지 솔직히 잘 모르겠다. 온전히 가져본 적도 없고, 앞으로도 가질 수 없을 것 같아서인지도 모르겠다. 막상 주어져도 뭘 해야 좋을지 알 수 없는 자유는 항상 모호하고 뜬구름 같은 말들과 함께 쓰인다. '동경하는' '꿈에 그리는' 같은 말들 말이다. 언제 우리는 온전한 자유를 누리게 될까? 생각해보니, 정작 나는 그게 뭔지 감도 못 잡고 있다는 사실을 깨달았다. 정말 그토록 바랐다면, 구체적이진 않더라도 비슷하게나마 그려볼 수 있어야 하는 것 아닌가?

　아무것도 상상해내지 못하는 나를 보니, 나는 온전한 자유를 동경한 적도, 꿈에 그려본 적도 없는 것 같다.

　음. 저기요…. 나만 그런 거 아니죠…?

일본식 쇼트케이크

쇼트케이크shortcake는 원래 영국 음식으로, 잘 부스러지거나 바삭바삭한 케이크를 일컫는 말이다. 쇼트케이크는 미국에서 변형되며 베이킹파우더를 사용한 부드러운 식감의 케이크로 발전했다. 이후 딸기가 들어간 케이크가 인기를 끌면서 '딸기 쇼트케이크'라는 용어도 생겼다.

그렇다면 일본식 쇼트케이크란 뭘까? 일본 음식 중에는 서양에서 건너와 일본만의 색이 입혀진 것이 많다고 이야기했듯, 일본식 쇼트케이크 역시 미국식 쇼트케이크를 일본식으로 변형한 케이크이다. 일본식 쇼트케이크는 보통 스펀지케이크에 생크림과 딸기를 곁들인 케이크를 가리키는데, 우리가 생각하는 과일이 들어간 생크림 케이크가 바로 이것이다.

사실 이렇게 길게 설명할 것도 없다. 간단하게 정리하자면 서양식 쇼트케이크는 스콘이나 쇼트브레드 쿠키를 사용한 케이크이고, 일본식 쇼트케이크는 우리가 다 아는 생크림 케이크다. 일본식 쇼트케이크는 애니메이션에 정말 많이 나온다. 그만큼 쇼트케이크는 일본인들이 즐겨 먹는 디저트이고, 실제로 일본의 제과점에 가면 정말 다양한 종류의 쇼트케이크가 있어 구매 욕구를 절제하기가 매우 힘들다. (추억의 애니 〈꿈빛 파티시엘〉[18]만 봐도 알 수 있다.)

〈이웃집 야마다 군〉에도 빨간 딸기를 얹은 쇼트 케이크가 등장한다. 노보루가 한껏 신난 얼굴로 케이크를 먹으려는 순간, 동생 노노코가 들어와 케이크를 달라고 하는 장면이다. 케이크는 한 조각뿐이라 혼자 먹기에도 부족한 양이었지만, 착한 오빠 노보루는 (비록 우거지상이 되긴 했어도) 노노코에게 '딱 한 입'을 양보한다. 노노코도 별 저항 없이 해맑은 얼굴로 "알았어!" 하고 대답했고, 나는 이 바람직한 남매를 바라보며 엄마 미소를 지었었다. 그런데, 세상에⋯. 노노코는 오빠의 말대로 딱 한 입만 먹었지만, 케이크에서 가장 맛있는 부분(생크림과 딸기가 있는)을 한입 가득 털어 넣는다. 세상엔 정말로 사이좋은 남매란 존재하지 않는 걸까?

나에겐 나보다 두 살 어린 여동생이 있다. 타고난 기질부터 형성된 성격까지 비슷한 점이 단 한 군데도 없는 동생이다. 동생은 인정하지 않을지 모르겠지만, 나는 어릴 때부터 꽤 많은 부분을 동생에게 양보했다. 예를 들면 언니라서 조금 더 많

---

18 〈꿈빛 파티시엘〉은 마츠모토 나츠미가 2008년 《리본》에 연재한 만화를 원작으로 하여 2009년 애니메이션화된 작품이다. 파티시에를 꿈꾸는 소녀 아마노 이치고의 성장 이야기를 그린 작품이다.

이 받은 세뱃돈 같은 것들이 있는데, "똑같이 나눠 가져야 공평하다!"라며 우기는 동생에게 내 것을 나누어 주었던 기억이 난다. (자발적인 양보라기보다는, 어쩔 수 없는 양보에 가까웠다.) 이와 비슷한 사례들은 차고 넘치는데, 가끔 내가 먼저 이야기를 꺼내봐도 동생은 전혀 기억하지 못하는 것 같았다.

아무튼 어린 시절의 나는 언니가 동생에게 양보하는 것이 당연하다고 생각했지만, 그럼에도 마음엔 늘 억울한 감정이 쌓여 있었다. 물론 지금은 아주 오래전 일이기도 하고, 어른이 되었으니 이 감정들이 당연히 해소되었다고 생각했다.

…남매의 한 입 케이크 장면을 보기 전까지 말이다.

케이크에서 가장 맛있는 부분을 몽땅 먹어버리는 노노코를 마주하니, 여전히 내 안에 남아 있던 해묵은 감정이 꿈틀거리는 걸 느꼈다. 내가 이렇게나 좁아터진 마음을 가진 언니였다니, 맛있는 부분만 쏙 먹어버린 노노코만큼이나 충격적이다.

비프 스트로가노프

비프 스트로가노프는 러시아 요리다. 나는 한국에서 이 음식을 파는 식당에 가본 적이 없고, 이름도 들어본 적이 없는데 일본에서는 의외로 흔하게 먹을 수 있는 음식이었나 보다. 막연히 '시게 할머니가 알 정도면 그렇지 않을까?'라고 추측한 거였는데, 검색해 보니 정말로 인지도가 꽤 있는 음식이었고, 역시나 오리지널 요리를 약간 변형한 형태였다.

〈이웃집 야마다 군〉에서 시게 할머니는 비프 스트로가노프 만들기에 도전했다가 결국 만들지 못하고 초밥을 시켜 먹는다. 그래서 이 작품에서는 비프 스트로가노프를 볼 수 없다.

그런데 참 이상하지. 보통은 눈으로 봐야 호기심이 생기고, 먹어보고 싶어져서 만들어보게 되는데 희한하게도 이 음식은 **보지 못했기 때문에 더 먹어보고 싶어졌다.** 보는 것만큼 강력한 것이 없다고 생각했는데, 상상력이 그 위에 있었다.

비프 스트로가노프 만들기

재료(2인분 분량): 소고기(등심 또는 채끝) 300g, 양송이버섯 6개, 양파 1/2개, 토마토 홀 200g, 토마토 페이스트 2숟가락, 화이트 와인 0.5컵, 비프 스톡 육수 1컵, 올리브 오일, 설탕 0.5숟가락, 사워크림, 파프리카 파우더, 소금, 후추

① 소고기는 2~3mm 두께로 길쭉하게 썰어 소금과 후추로 밑간한다.

② 팬을 예열한 후 올리브 오일을 넉넉히 두르고, 채 썬 양파를 넣어 볶는다. 양파가 숨이 죽고 갈색빛이 돌 때까지 약불에서 천천히 볶는다.

③ 양파를 볶던 팬에 3mm 두께로 자른 양송이버섯을 넣고, 양파와 함께 갈색빛이 날 때까지 볶는다.

④ 팬에 소고기를 넣고, 겉이 살짝 익을 정도로만 볶는다.

⑤ 토마토 페이스트와 토마토 홀을 넣고, 토마토를 으깨가며 함께 볶는다.

⑥ 설탕을 넣어 섞고, 불을 중약불로 올린 뒤 화이트 와인을 붓고 알코올을 날리면서 저어준다.

⑦ 와인이 살짝 졸아들면 육수를 넣고 끓인다.

⑧ 스튜가 끓기 시작하면 소금, 파프리카 파우

더, 후추를 넣고 섞은 후 고기가 부드러워질
때까지 약불에서 30분간 저어가며 끓인다.

⑨ 마지막으로 사워크림을 적당히 넣어 섞은
뒤 밥이나 면, 빵과 함께 즐긴다.

13
가마 할아범의
소박한 호사,
새우튀김덮밥
센과 치히로의 행방불명(2001)

자신의 이름을, 자기 자신을 잃지 말아요

원제: 千と千尋の神隠し, Spirited Away

감독: 미야자키 하야오

일본 개봉일: 2001. 7. 20.

국내 개봉일: 2002. 6. 28.

상영시간: 125분

원작·각본: 미야자키 하야오

배경: 현대 일본과 신비한 영혼 세계. 음식은 탐욕과 계약, 정체성의 상징으로, 치히로는 음식 앞에서 부모와 다른 선택을 한다. 이후의 여정에서 치히로는 성장하는 과정을 거친다.

주요 등장인물: 오기노 치히로(열 살 소녀), 하쿠(본명은 니기하야미 코하쿠누시, 유바바의 제자이자 치히로의 조력자), 유바바(마녀, 온천탕인 기름집의 주인장), 린(목욕탕 일꾼)

이 영화를 한마디로 소개해야 한다면, 나는 **첫인
상이 강렬한 작품**이라고 소개하겠다. 아름답고 신
비하지만 친근하고 귀여운 작화, 히사이시 조의
웅장한 음악, 치히로, 하쿠, 가마 할아범, 가오나
시, 유바바 등 개성 넘치는 캐릭터들, 온천탕 안으
로 쏟아져 들어오는 신들에 대한 다채로운 표현
까지. 어느 하나 강렬하지 않은 부분이 없다. 마치
한눈에 들어버린 사람에게서 시선을 뗄 수 없는
그런 느낌. 처음부터 좋았는데 시간이 지날수록
더 좋아지고, 그래서 좋은 이유조차 생각나지 않
는 그런 영화.

　주인공의 원래 이름은 **치히로**, 나중에 마녀에
의해 불려진 이름이 **센**이다. 그러니 주인공의 본

체는 **치히로**가 맞다. 그런데 영화 제목 〈센과 치히로의 행방불명〉에는 **센**이라는 이름이 먼저 나온다. 치히로가 겪는 일이고, 그 과정에서 센이 잠깐 되었던 건데, 왜 제목을 이렇게 지었는지 의아했다. 하지만 우리는 영화가 끝날 때쯤 그 이유를 자연스럽게 알게 된다.

이름을 잃어버리면 안 돼

유바바와 치히로가 계약을 체결하는 순간, 유바바가 가장 먼저 한 일은 치히로의 이름을 없애는 일이었다. 치히로에게 이름이 거창하다면서 **이제부터 네 이름은 센**이라고 해버린다. 정확히는 치히로의 본명인 '오기노 치히로(荻野千尋)'라는 이름 네 글자 중 세 글자를 지워버리고 '센(千)'이라는 글자만 남겼다. 유바바가 치히로에게 완전히 새로운 이름을 주지 않고 이름 일부만을 지운 데는 분명한 의도가 있었다.

계약을 체결할 때 이름이 정말 중요하다는 건 누구나 알고 있다. 이름 하나로 모든 것을 약속하고, 사인하는 순간부터 계약서의 조항들은 반드시 지켜야 하는 것이 된다. 그러니 계약서에서 이름 일부를 지운다는 건 정말 말도 안 되는 짓이 분명하다. 유바바의 나라에서 일을 하는 건 치히로인가, 센인가? 계약의 내용을 지켜야 하는 건 센인가, 치히로인가? 이름만 빼앗겼다고 생각했는데, 정체성마저 흔들리는 무시무시한 상황이 되어버렸다. 이름 일부를 빼앗겼다는 것의 진짜 의미는 바로 여기에 있다. 조종하고 싶은 대상의 정체성과 주도권을 빼앗는 것, 이것이 바로 유바바가 사람을 조정할 때 사용하는 핵심 전략이었다.

유바바의 온천에서 하룻밤을 보낸 치히로는 다음 날, 하쿠의 도움으로 돼지가 된 부모님을 만날 수 있게 된다. 돼지로 변해 자신들이 인간이었음을 잊어버린 부모님을 마주하게 된 치히로는 두려움에 사로잡힌다. 부모님이 영영 인간으로 돌아오지 못하면 어떡하지? 내가 마녀 유바바를 이길 순 있는 걸까? 우리는 원래 살던 세계로 돌아갈 수 있을까?

그렇게 자신이 이곳을 빠져나가지 못할 수도 있다는 무력감을 느낄 때, 하쿠는 치히로가 원래 살던 세상에서 입었던 옷을 돌려주며 돌아갈 때 필요할 거라고 말해준다. 자기 자신조차 확신하지 못하는 상황에서 너무도 당연하게 치히로가 이곳을 나갈 거라고 여겨주는 사람. 이런 사람이 치히로 옆에 있었다는 건 행운 중의 행운이었다. 그렇게 자기 옷을 보고 안심한 치히로는 옷 사이에서 친구가 건네준 카드 한 장을 발견한다.

그 안에는 '건강하게 지내, 또 만나자.'라는 메

시지와 함께 치히로의 진짜 이름이 적혀 있었다. 카드에 적힌 본래의 자기 이름을 본 치히로는 마치 새로운 것을 발견했다는 듯 깜짝 놀란다. 센으로 지낸 지 겨우 하루 지났을 뿐인데, 자기 이름을 잊어가고 있었던 것이다. 애초에 자기 이름에서 세 글자를 지워버린 이는 유바바였는데, 자기도 모르는 사이 스스로도 자신의 이름을 서서히 지우고 있었다.

유바바의 지배 아래서는 누구든 애쓰지 않아도 자연스럽게 이름을 잃어버리는 삶을 살게 된다. 하쿠도 그렇게 자신의 이름을 잃어버렸고 치히로도 거의 그럴 뻔했다. 하지만 하쿠가 치히로의 이름을 기억해주고, 치히로가 자기 이름이 센이 아니라 치히로라는 걸 기억해내는 순간, 치히로는 자신의 정체성과 함께 유바바에게 빼앗겼던 주도권을 되찾는다. 치히로는 유바바의 나라에 머무는 동안 센인 척하며 살아가겠지만, 동시에 치히로라는 정체성을 놓지 않고 살아갈 것이다.

구체적이고 인상적인 음식들

지브리 영화를 모두 통틀어서, 〈센과 치히로의 행방불명〉만큼 음식이 많이 나온 영화는 없을 것이다. 그래서 그런지 영화 속 음식을 따라 한 영상이 여기저기 많이 있다. 음식에 대한 묘사가 구체적이고 인상적이어서 나도 여러 번 재현했었다. 치히로의 부모님이 먹었던 **맛있어 보이지만 먹으면 큰일 날 것 같은 음식**이나, 온천탕의 손님들이 먹었던 **이름은 모르지만 맛있어 보이는 음식**, 온천탕의 직원들이 먹었던 **별거 아닌 것 같지만 먹어보고 싶어지는 음식**들까지. 영화 속 많은 음식은 지금까지도 지브리 팬들의 입에 오르내리고 있다.

실제로 치히로의 부모님이 먹었던 음식이라고 여겨지는 '대만의 로우위엔(肉圓)'을 검색해보면 엄청난 양의 자료가 쏟아져 나온다. 지브리 피셜에 따르면, 치히로의 부모님이 먹었던 음식은 '이계의 매우 맛있어 보이는 정체불명의 음식'이라는 설정이었다고 한다. 그렇다면 로우위엔은 영화의 인기를 따라 비슷하게 만들어진 음식이거나, 원래 있던 음식인데 영화 속 음식과 비슷해 보여서 화제가 된 음식일 것이라 추측된다. 나도 대만에 가면 로우위엔을 꼭 먹어봐야지 했었는데, 이게 진짜(?)가 아닐 수도 있다니 살짝 맥이 빠지는 느낌이 들긴 하지만. 뭐, 그렇다 해도 상관은 없다. 아니, 오히려 반갑다. 지구상 어딘가에는 애니메이션 속 음식을 보고 상상하여 만들어내는 나와 비슷한 덕후들이 존재한다는 뜻이니까 말이다.

하쿠의 주먹밥, 왜 하필 소금 주먹밥이었을까?

시오 오무스비(塩おむすび)는 '소금 주먹밥'이라는 뜻으로, 하쿠가 치히로에게 주었던 그 '눈물의 주먹밥'이 바로 시오 오무스비이다. 오무스비는 우리가 잘 아는 오니기리와 같은 음식으로, 일본에서는 지역이나 가정에 따라 명칭을 다르게 부른다고 한다.

〈센과 치히로의 행방불명〉 팬 중 많은 사람이 하쿠가 치히로를 위로하며 주먹밥을 건네주었던 장면을 명장면 중 하나로 꼽는다. 자기 눈보다 더 큰 눈물을 뚝뚝 흘리며 서럽게 울던 치히로. 다리가 풀릴 정도로 두려웠지만 먹어야만 했던 아니, 먹을 수밖에 없었던 주먹밥이 치히로에게 어떤 의미였을지 종종 생각해보곤 했다. 전에는 치히로가 너무 가엾게 느껴져서 '주먹밥 대신 좀 더 맛있는 음식을 주면 좋지 않았을까?' 싶었는데, 지금 생각해보면 가장 구하기 쉬운 재료로 빠르고 간단히 만들어, 아무에게도 들키지 않고 치히로에게 건네주어야 했기 때문에 주먹밥만큼 적합한 음식도 없었겠구나 싶다.

소금 주먹밥 만들기

재료: 쌀, 소금, 물

① 쌀을 깨끗이 씻어 1시간 정도 불린다.

② 평소 밥을 지을 때보다 물양을 조금 적게 잡고, 다시마와 소금을 넣어 밥을 짓는다.

③ 소금물을 준비하고, 다 지은 밥은 한 김 식힌다.

※ 소금물은 조금 짜다 싶게 만드는 편이 좋다.

④ 손에 소금물을 묻혀가며, 밥을 원하는 모양으로 뭉친다.

가마 할아범의 새우튀김 덮밥과 린의 고봉밥

개인적으로 이 작품에서 가장 먹고 싶은 음식은 바로 에비텐동(えび天丼)이었다. 워낙 좋아하는 음식이기도 했고, 센에게 줄곧 투덜대고 고함을 치

던 가마 할아범이 이 덮밥을 먹으면서 갑자기 온 순(?)해졌기 때문이다. **대체 얼마나 맛있기에…** 하며 자연스럽게 맛을 상상했다. 반면, 린과 센이 평소에 먹었을 것으로 추정되는 '맨밥에 단무지 두 개 얹은' 고봉밥은 이 작품에서 가장 먹기 싫은 음식으로 꼽고 싶다. 다 같이 힘들게 일하고, 누구는 새우튀김이 올라간 밥을, 누구는 단무지가 올라간 밥을 먹는다는 쓸쓸함 때문이기도 하고, 단무지를 싫어하기 때문이기도 하다.

새우튀김 덮밥 만들기

[데리야키 소스 만들기]

재료: 간장, 청주, 미림, 설탕

간장 1:청주 1:미림 1:설탕 0.5 비율로 섞어 가열한다.

[덮밥 만들기]

재료: 튀김용 새우 20마리, 미림 4숟가락, 소금 약간, 후추 약간, 밥, 달걀노른자 1개, 얼음물 1.5컵, 튀김가루 1.5컵

① 새우 껍질을 벗기고, 꼬리 부분에 있는 물총을 제거한다.

② 손질한 새우에 미림, 소금, 후추를 뿌려둔다.

③ 그릇에 달걀노른자와 얼음물을 넣고 섞는다.

④ 체에 내린 튀김가루를 ③의 반죽과 섞는다.

※ 반죽 비율은 물 1:튀김가루 1

⑤ 새우에 튀김가루 → 반죽 순으로 묻힌 후, 180도로 예열한 기름에서 튀긴다.

⑥ 튀긴 새우는 건져내어 기름기를 뺀다.

⑦ 그릇에 밥을 담고 데리야키 소스를 뿌린 뒤, 튀긴 새우를 올려 완성한다.

훔쳐야만 먹을 수 있었던 호빵

센이 강의 신을 성공적으로 도운 뒤, 유바바는 온천탕 직원들에게 모두 센을 본받으라며 당부하고 한턱을 내겠다고 한다. 그래서 나는 당연히 바로 뒤에 나오는 장면에 등장하는 호빵이 특식일 거라고 생각했다. 그런데 웬걸? 그것은 린이 몰래 훔친 호빵이었다.

영화를 보면서 눈치챘겠지만, 유바바의 온천장에서 일하는 사람들 사이에는 계급이 존재한다. 상위 계급에 속하는 가마 할아범, 그 아래 총관리 감독 등을 맡고 있는 개구리, 종업원 개구리들, 손님의 시중을 드는 민달팽이들, 그리고 그 아래 하위 그룹에 속해 청소와 허드렛일을 담당하던 민달팽이들(이 그룹에 린과 센이 속해 있었다.)이 있다.

린이 센에게 훔친 호빵을 가져다준 것으로 짐작해보면 유바바가 한턱냈을 때 최하위 그룹에 속한 이들은 거기서 제외되었다는 걸 알 수 있다. 일은 센이 다 했는데, 보상은 센보다 상위 그룹에 있던 이들만 누릴 수 있었다. 온천장의 모습이 참 익숙하지 않은가? 온천장은 우리가 사는 세상과 아주 비슷해 보인다. 감독이 의도한 부분일지는 모르겠지만, 곱씹어볼수록 여러모로 쓸쓸하지 않을 수 없다.

(나의 쓸쓸함과는 별개로) 어찌 됐든, 센이 달밤 아래에서 자기 얼굴만 한 호빵을 먹는 장면은 참 사랑스러운 장면이다. 센은 강의 신이 준 경단과 호빵을 들고 무슨 생각을 했을까? 경단을 바라보며 희망과 기대를 품진 않았을까? 호빵을 먹으며 용기로 마음을 다지진 않았을까? 겁 많은 센에서 용기 있는 치히로로 성장한 모습이 마치 호빵 속 팥소처럼 참 달달했던 장면이다.

찐빵 만들기

재료: 강력 쌀가루(또는 밀가루) 90g, 드라이 이스트 3g, 설탕 8g, 소금 1g, 물 54g, 녹인 버터 (또는 식용유) 5g, 팥앙금 128g, 유산지

① 쌀가루를 체에 내려 준비한다.

② 설탕, 소금을 넣어 섞고, 드라이 이스트도 함께 넣어 고루 섞는다.

③ 따뜻한 물을 넣고 반죽한다.

④ 반죽이 하나로 잘 뭉쳐지면 녹인 버터를 넣고, 표면이 매끄러워질 때까지 치대며 반죽한다.

⑤ 반죽을 따뜻한 곳에서 약 30분간 발효시킨다.

⑥ 반죽에서 가스를 빼고 조물조물한 뒤, 삼등분해 동그랗게 만든다.

※ 영화처럼 큰 찐빵을 만들고 싶다면 반죽을 나누지 않고 하나로 만들면 된다.

⑦ 밀대로 반죽을 둥글고 넓적하게 펴준다.

⑧ 가운데 팥앙금을 올린 후, 팥이 보이지 않게 잘 싸서 동그랗게 만든다.

⑨ 찜기에 넣고 익을 때까지 찐다. (보통 크기의 찐빵은 약 15분, 큰 찐빵은 약 1시간 정도 찐다.)

※ 뚜껑에 고인 물이 반죽에 떨어지지 않도록 면포나 유산지를 덮어주는 것이 좋다.

14
고양이한테 먹이면 안 돼요, 물고기 쿠키
고양이의 보은(2002)

고양이가 안전한 세상에서는
나도, 너도 안전하지 않을까?

원제: 猫の恩返し, The Cat Returns
감독: 모리타 히로유키
일본 개봉일: 2002. 7. 20.
국내 개봉일: 2003. 8. 8.
상영시간: 75분
원작·각본: 히이라기 아오이(원작), 요시다 레이코(각본)
배경: 현대 일본과 신비한 영혼 세계. 쿠키를 통해 은혜와 보은이
이루어지고, 고양이 왕국 연회 장면에서는 '고양이들의 음식'이 나온다.
가정식인 햄버거스테이크를 통해 일본 음식 문화가 드러난다.
주요 등장인물: 요시오카 하루(고등학생 소녀), 히로미(하루의 친구),
바론(고양이 사무소 소장), 무타(바론의 동료), 유키(하루가 어릴 적 만난
고양이)

앞에서 소개했던 〈귀를 기울이면〉의 주인공 시즈쿠의 꿈이 무엇이었는지 기억하는가? 바로 작가였다. 〈고양이의 보은〉은 시즈쿠가 쓴 소설이라는 설정으로, 〈귀를 기울이면〉의 스핀오프 작품이다. (개인적인 감정이긴 한데 시즈쿠의 꿈이 이루어진 것 같아서 아주 기뻤다.) 그래서 두 작품엔 같은 고양이 캐릭터(바론과 무타)와 동일한 장소가 나온다. 영화를 보는 내내 길 가다 우연히 아는 사람을 만난 것처럼 친숙하고 반가운 느낌이 들었다. 게다가 이 영화엔 제목처럼 정말 많은 고양이가 나온다. 신사적인 고양이, 툴툴대는 고양이, 친절한 고양이, 무례한 고양이 등 정말 다양한 고양이가 등장하는데, 고양이를 좋아하는 사람이라면 환장할 만한 요소가 많다. 나는 개인적으로 뚱뚱하고 툴툴대는 무타를 좋아한다. 다양한 고양이 캐릭터 중 어떤 고양이가 내 맘에 쏙 드는지 생각하면서 보면 더 재미있기 때문에 고양이를 좋아하는 사람들에게 **완전 추천**하는 영화다.

일본 애니메이션엔 유독 고양이가 많이 나온다

지브리 영화뿐 아니라 일본 애니메이션에는 고양이가 정말 많이 나온다. 고양이가 주인공인 애니, 고양이가 주인공 친구인 애니, 그냥 지나가는 역할인 것처럼 보이지만 중요한 역할을 하는 고양이가 나오는 애니 등 정말 수많은 고양이 애니메이션이 있다. 애니메이션에서 고양이를 자주 볼 수 있는 것도 우연은 아니다. 일본에서 내려오는 고양이 신화를 우연히 읽어본 적이 있다. 거기엔 나이가 많은 반려묘가 요괴로 변한 것을 두고 '네코마타(猫又)'라고 부른다는 내용이 있었다. 네코마타는 우리가 아는 귀여운 고양이와는 거리가 멀어 보였지만 어쨌든 이런 전설까지 있는 걸 보면 고양이는 일본 사람들에게 그만큼 친숙한 동물인 듯하다.

나는 강아지를 키우고 있지만 고양이 동영상을 더 많이 본다. 이유는 딱히 없는데, 이상하게 자꾸 고양이에 관한 영상이나 다큐를 찾아보게 된다. 영상을 보다 보면 왠지 모르게 고양이가 인간 같다고 느껴질 때도 있고. 아무튼 고양이는 좀 신비한 동물이라는 생각이 든다. 주변 지인들에게 이런 생각을 공유하면 꽤 많은 사람이 나와 비슷한 생각을 하고 있었는데, 그걸 확인하고는 어쩐지 소름이 돋기도 했다. 웬 뜬금없는 말인가 싶겠지만 고양이가 나오는 애니메이션이나 다큐 같은 걸 아무거나 한 편 시청해보면 내가 무슨 말을 하는 건지 알아차릴 수 있을 것이다.

보은=은혜를 갚음

보은報恩은 은혜를 갚는다는 뜻이다. 그런데 희한하다. 고양이 왕국의 고양이들은 은혜를 **이상하게** 갚는다. 고양이가 좋아하는 네코자라시(ネコジャラシ, 강아지풀)로 하루네 집 앞을 뒤덮어 놓기도 하고, 하루에게 캣닢을 지니게 해 온 동네 고양이들에게 추격당하게 하기도 한다. 또 어느 날은 쥐가든 선물 상자를 하루네 신발장 안에 가득 채워놓기도 한다. 그러고는 그걸로 은혜를 갚았다고 생각한다.

여기서 끝났다면 특별히 이상한 하루쯤으로 여기고 말았을 텐데, 이게 끝이 아니었다. 고양이 왕국의 고양이들 아니, 고양이 왕국의 왕은 하루에게 더 크게 보은한답시고 자기 아들과 하루를 결혼시키려고 계획한다. 거의 납치 수준으로 하루를 고양이 왕국으로 데려와 고양이들이 좋아하는 음식들을 차려준다. 하루는 사람인데 모든 게 고양이 중심으로 이루어진다. 참 희한한 보은이다.

고양이들의 보은을 희한한 보은이라고 이름 붙여봤지만, 이런 희한한 보은은 인간 세상에서도 흔히, 많이 볼 수 있다. 내 방식의 사랑, 내 방식의 대화, 내 방식의 이해, 내 방식의 사과 등등. 사람이야말로 자기가 원하는 방식을 타인에게 고집하는 희한한 족속이다. 고양이 왕국의 왕이 그랬던 것처럼 우리 역시 자신을 위한 행동을 이타적인 행동이라고 포장해 정당화하고 있는 건지도 모르겠다.

다행히도 영화에 나오는 모든 고양이가 이런 식으로 은혜를 갚는 건 아니었다. 하루가 구해준 룬이나 어릴 적 쿠키를 나눠준 유키는 하루가 사람이라는 점을 기억해 그에 맞게 은혜를 갚는다. 하루가 위험에 처했을 때 고양이 사무소를 소개해주기도 하고, 고양이 왕궁에서 하루가 탈출할 수 있도록 도와주기도 한다. 고양이 유키가 고양이 왕과 달랐던 건, 하루가 사람이라는 점을 고려해서 도움을 주었다는 점이다. 이는 어쩌면 정말 간단하고 쉬운 일이다. 상대가 나와 다르다는 것만 인지한다면 말이다.

물고기모양쿠키

〈고양이의 보은〉에 나오는 쿠키를 만들어본 적이 있다. 쿠키에 들어가는 재료나 맛에 대한 정보가 영화에 나오지 않기 때문에 모양과 색깔에 집중해 내가 원하는 맛의 쿠키를 만들었다. 그러고는 문득 궁금해졌다. 영화에 나온 것처럼 고양이는 사람이 먹는 쿠키를 먹을까?

쿠키를 만든 날 밤, 쿠키를 들고 놀이터에 앉아 고양이가 오길 기다렸다. 마침 동네에서 떠돌던 새끼 고양이가 나타났다. 나는 조금 떨어진 곳에 쿠키를 슬며시 내려놓았다. 고양이는 배고팠는지 쿠키 근처를 어슬렁거렸다. 고양이가 살며시 다가와 쿠키 냄새를 맡고 있을 때쯤, 마침 동네 아이들이 우르르 몰려오는 바람에 고양이는 쿠키를 먹지 못하고 도망가고 말았다.

고양이에 대해 조금이라도 아는 사람이라면 이 에피소드를 읽고 놀랄 것이다. 그렇다. 고양이는 유제품을 잘 소화하지 못하고, 간이 된 음식을 먹으면 안 된다. 다행히도 때마침 나타난 아이들 덕분에 고양이가 쿠키를 먹는 참사는 일어나지 않았지만, 이 일은 계속 내 마음에 남아 있었다. 그래서 이 이야기를 그대로 담아 영상을 올렸었다. 무지에서 비롯된 일이었음을 밝히며, 길고양이에게 아무 음식이나 주면 안 된다고 덧붙여 설명했다. 이런 일을 겪었기 때문인지 지금의 나는 이 영화가 조금 아쉽다. 나 같은 다 큰 어른도 영화를 본 뒤 고양이에게 호의를 베푸는 양, 사람이 먹는 쿠키를 먹이려고 했는데 혹시나 이 영화를 보고 나처럼 무지한 선의를 베풀려는 사람이 생기진 않을까 싶어서였다.

영화가 조금 더 고양이에게 친절했더라면 좋지 않았을까 생각해본다. 이런저런 설명 없이도 고양이가 뭘 먹으면 안 되는지 모두 다 아는 그런 친절한 세상이라면 가장 좋고. 그러고 보니, 내가 고양이 영상을 많이 찾아보는 이유는 고양이에게 더 친절해지고 싶어서였던 걸까?

물고기 모양 쿠키 만들기

재료: 실온에 둔 버터 100g, 실온에 둔 달걀 32g, 설탕 30g, 소금 1g, 박력분 80g, 옥수숫가루 60g

① 볼에 버터 100g을 넣고 주걱으로 부드럽게 풀어준다.

② 버터에 설탕 30g과 소금 1g을 넣고 섞는다.

③ 다른 볼에 달걀을 풀고, 버터가 있는 볼에 달걀 32g을 조금씩 나누어 넣어가며 부드러워질 때까지 섞는다.

④ 박력분 80g과 옥수숫가루 60g을 체 쳐서 넣는다.

⑤ 주걱으로 가르듯이 섞어 반죽을 만든다.

⑥ 반죽을 두 장의 종이 포일(유산지) 사이에 넣고, 0.3mm 정도의 두께가 되도록 밀대로 얇게 밀어 펴준다.

⑦ 냉장고에서 30분간 휴지시킨다.

⑧ 물고기 모양 쿠키 커터로 찍어낸다.

※ 다른 모양도 괜찮고, 손으로 대충 모양을 내도 OK!

⑨ 170도로 예열한 오븐(또는 에어프라이어)에서 12분간 구워준다.

햄버그스테이크

햄버그스테이크는 일본 애니메이션에 단골로 등장하는 음식이다. 이 음식도 대표적인 '요쇼쿠'(서양식을 일본식으로 변형한 요리)로 서양식 음식이 유입되던 시기인 메이지 후반에 들어와 일본 가정

식으로 자리잡았다. 지금은 다양한 형태로 발전하여 가정에서뿐만 아니라 패밀리 레스토랑, 학교 급식, 전문 햄버그스테이크 레스토랑 등에서도 흔히 볼 수 있는 음식이 되었다. 그러니 일본 애니메이션에 햄버그 스테이크가 자주 등장하는 건 매우 자연스러운 일이다. 〈고양이의 보은〉에서도 햄버그스테이크가 나오는데, 가정식으로 발전된 만큼 만드는 방법도 아주 간단하니 기회가 된다면 모두 만들어보길 바란다.

햄버그스테이크 만들기

재료(2인분 분량): 다진 소고기 200g, 다진 돼지고기 200g, 양파 1/2개, 달걀 1개, 데미글라스 소스 1/2컵, 케첩 4숟가락, 우스터 소스 2숟가락, 물 1/4컵, 돈가스 소스, 빵가루 1숟가락(듬뿍), 소금, 후추, 식용유

① 볼에 다진 소고기, 돼지고기, 다진 양파, 달걀, 소금, 후추를 넣고 잘 섞는다. 전분가루 또는 빵가루를 넣고 치대며 섞어준다.

② 반죽을 이등분하여 각각 동그랗고 납작한 모양으로 만든다.

③ 중불로 예열한 웍이나 프라이팬에 식용유를 두르고, 패티를 넣어 양면이 갈색이 될 때까지 굽는다.

④ 불을 끄고 뚜껑을 덮어 잔열로 속까지 익힌다.

⑤ 패티를 구운 프라이팬에 데미글라스 소스, 케첩, 우스터 소스, 물을 넣고 중불에서 저어가며 끓인다.

⑥ 완성된 패티 위에 소스를 뿌리고, 기호에 따라 다양한 채소를 곁들인다.

15

하울 정식, 영화보다 더 유명한 한 끼

하울의 움직이는 성(2004)

기억해, 너는 네가 생각하는 것보다
훨씬 괜찮은 사람이라는 걸

원제: ハウルの動く城, Howl's Moving Castle

감독: 미야자키 하야오

일본 개봉일: 2004. 11. 20.

국내 개봉일: 2004. 12. 24.

상영시간: 119분

원작·각본: 다이애나 윈 존스(원작), 미야자키 하야오(각본)

배경: 19세기 말, 마법과 과학이 공존하는 어느 세계. 하울의 성에서
함께 나누는 식사와 대화는 유대감을 형성하는 중요한 장면으로
그려진다.

주요 등장인물: 소피(저주로 노인이 된 소녀), 하울(마법사), 마르클(견습
마법사), 캘시퍼(악마), 황야의 마녀(하울에게 집착하는 캐릭터)

편한 자리에서 좋아하는 것에 관해 이야기하게 된다면 밤새워 떠들 수 있을 것 같은데, 막상 "마음껏 이야기해 봐." 하고 판을 깔아주면 막막해질 때가 있다. 지금이 내게 딱 그런 순간이다. 〈하울의 움직이는 성〉에 관해 하고 싶은 이야기가 너무 많은데, 이걸 어디서부터 어떻게 풀어내야 할지 모르겠다. 아마도 그건, 너무 좋아해서겠지. 그래서 이번엔 그냥 **친구랑 덕질하는 중**이라고 생각하고 이야기해보려 한다.

심장이 없는 하울과 생기가 없는 소피

어릴 적, 캘시퍼의 힘을 사용하기 위해 자기 심장을 내어준 하울. 심장은 생명 유지에 직결된 장기

이기에 캘시퍼가 죽으면 하울도 죽게 된다. 심장은 곧 생명이다. 하지만 영화에서 하울의 심장은 대부분 생명보다는 **마음**으로 상징된다. 하울은 심장이 없어서 사랑도 할 수 없는 인물로, 문제에 부딪히면 해결보다 회피를 일삼는다. 보이는 것에 집착하며 유아적 면모를 보이는 건 덤이다.

자, 현실 세계에서 하울을 만났다고 가정해보자. 외모와 매너가 훌륭하지만, 머리 색 하나 마음에 안 든다고 세상을 다 잃은 것처럼 우울해하는 극도로 예민한 남자고, '썸 탔던' 여자와의 관계도 제대로 정리하지 못해 늘 쫓겨 다니는 겁쟁이다. 심지어 스스로 해결하기 어려운 일은 다른 사람에게 떠넘겨버리기도 한다.

우리는 잘 알고 있다. 이런 남자를 현실에서 만나거든 재빠르게 도망쳐야 한다는 것을. 하지만 하울은 영화 속 주인공이다. 그러니 우리는 영화가 주는 단서들을 통해 하울이 어떤 사람인지 알아볼 수 있고, 그를 이해할 기회도 챙길 수 있다. 그렇게 영화가 제공하는 하울의 이야기들을 따라가다 보면, 그 끝엔 그저 안아주고 싶은 연약한 인간 하울이 있고, 우리는 결국 하울을 사랑하게 된다.

여기서 생기는 질문…!

과연 소피는 하울의 결점을 알고도 사랑한 걸

까, 아니면 사랑했기 때문에 그냥 받아들인 걸까?

저주받기 전, 소피는 평범한 삶을 사는 게 최선이라고 생각하며 맡겨진 의무와 책임을 다하는 어른스러운 소녀였다. 화려한 장식의 모자를 만들지만, 정작 자신은 평범하고 촌스러운 모자를 쓰고 다닌다. 모자 가게에 오는 손님들을 따라 거울 앞에서 웃어보기도 하지만, 거울에 비친 자기 모습이 영 못마땅한지 인상을 쓰며 거울 앞을 떠나버리기도 한다. 소피는 자신이 무엇을 좋아하는지, 무엇을 하고 싶어 하는지 잘 모른다. 아니, 모른다기보단 관심이 없어 보인다. 소피는 자신이 얼마나 예쁜지도 모르고 그저 청소밖에 못 하는 사람이라고 생각한다. 소피의 얼굴에선 생기라곤 찾아볼 수 없다.

그러던 어느 날, 소피는 잘생긴 마법사 하나를 만나게 된다. 그는 곤경에 처한 소피를 구해주고 긴장을 풀어주면서도, 자신이 쫓기고 있으니 함께 걸어달라고 요청한다. 그 당시 소피는 누가 봐도 머리부터 발끝까지 경직돼 보였는데, 어째서인지 하울의 요청을 거절하지 않는다. 아마도 **이때**이지 않았을까 싶다. 소피가 하울에게 마음을 빼앗겨버린 **순간이** 말이다.

이후 하울과 소피가 하늘을 걷는 장면이 펼쳐진다. 나는 〈하울의 움직이는 성〉에서 이 장면을 가장 좋아한다. 볼 때마다 처음 보는 것 같은 황홀경에 빠지고 만다. 히사이시 조의 음악 〈인생의 회전목마〉, 춤추듯 하늘을 걷는 하울과 소피, 그들의 발 아래 펼쳐진 형형색색의 집들과 화려하고 즐거워 보이는 사람들까지. 이 모든 것은 평범한 삶을 사는 것이 최선이라고 생각하던 소피에게뿐만 아니라 영화를 보는 모든 이들에게 마법 같은 순간을 선물한다.

하울은 '여자들의 심장을 빼앗는 마법사'라는 별명을 가지고 있었는데, 이렇게 내 마음까지도 쉽게 가져가는 걸 보니 그 소문이 영 거짓은 아니었나 보다. 마음이 없어 어린 시절에 멈춰 있는 어른 하울과, 노인의 마음을 가진 소녀 소피는 이렇게 서로 만나게 된다.

뜻밖의 활약을 펼치는 황야의 마녀

자세한 설명은 나오지 않지만, 여러 가지 영화 속 단서들로 추측해봤을 때 황야의 마녀는 하울의 전 연인인 것 같다. 하지만 심장이 없는 하울이 그녀를 사랑했을 리 없었다. 하울의 말에 의하면 처음엔 호기심 때문에 먼저 다가갔고, 나중엔 무서워서 도망쳤다고 한다. 괜히 마녀만 하울을 사랑하게 된 꼴이다. 회피의 달인인 하울은 당연히 끝맺음도 제대로 하지 않았고 이후 그녀를 무작정 피해 다닌다.

그녀는 하울의 사랑을 언제나 갈망했을 것이다. 소피의 주머니에 몰래 러브레터를 넣어둔 것만 봐도 그녀가 얼마나 하울에게 빠져 있는지 알수 있다. 하울의 심장에 집착하는 이유도 바로 사랑 때문인 것 같았다. 그녀는 하울의 심장을 가지면 그의 사랑도 차지할 수 있을 거라고 생각했던 모양이다. 결국 그녀에게 남은 건 하울을 향한 그릇된 욕망과 집착뿐이었다. 하울에게 완전히 꽂혀 있었던 마녀가 하울과 유의미한 관계를 맺은 소피를 그냥 둘 리 없다. 마녀는 결국 소피에게 저주를 걸고 그 덕에 소피와 하울은 다시 만나게 된다. 하울과 다시는 관계 맺지 못하도록 소피를 꼬부랑 할머니로 만들어버렸는데 오히려 도와준 꼴이 됐다.

할머니 소피

저주를 받아 백발노인이 된 소피가 자신의 모습을 받아들이는 과정은 참 흥미롭다. 처음엔 변해버린 자신을 보고 우왕좌왕했지만, 집을 떠난 소피는 같은 사람이 맞나 싶을 정도로 활기차 보였다. 하울을 찾으려 했던 것인지 아니면 자신을 저주에서 풀어줄 또 다른 마법사를 찾으려 했던 것인지는 모르겠지만, 소피는 마법사들만 산다는 곳을 향해 걷는다. 갑자기 노인이 되어버린 탓에 본인 챙기기도 빠듯했을 텐데 가는 길에 허수아비를 돕기도 하고, 마땅히 잘 곳을 찾지 못해 무작정 하울의 집으로 들어가 불을 쬐기도 한다. 소녀 소피였을 땐 전혀 보이지 않았던 모습이 오히려 노인이 된 소피에게서 드러난다는 점이 참 흥미로웠다. 의욕이 넘치는 걸 넘어서 무모하고 용감하며, 배짱이 두둑한 노인 소피라니…. 저주를 받았는데 오히려 진짜 '나'다워진 소피의 모습이 정말 재밌다.

소피가 '나'다워지니 다른 변화들도 생겼다. 소녀 소피는 줄곧 혼자 있었는데, 할머니 소피 주변은 항상 북적거렸다. 캘시퍼도, 마르클도 이상하게 소피를 따랐다. 심지어 원래 나이로 되돌아간 황야의 마녀도, 설리반의 개였던 힌도 모두 소피를 따랐다. 하울 역시 소피를 의지했다. 아참, 순무 대가리 허수아비도 소피를 좋아했다.

할머니 소피는 마치 이들의 대장 같았다. 지시하고 군림하는 대장 말고, 도와주고 이끌어주는 **진짜 대장** 말이다. 특히, 황야의 마녀를 하울의 집으로 들인 건 정말 이해하기 힘들었다. 마력이 사라지긴 했어도, 여전히 하울의 심장을 노리는 마녀였는데 말이다. (이런 대인배 같으니라고…)

소피는 신체적으로 돌봄을 받아야 할 노인이

되었다. 그녀는 이제 기운이 넘치는 소녀가 아니다. 그런데도 소피는 항상 누군가를 돌보고 돕는다. 대체 이건 어디서부터 나오는 힘이었을까?

영화는 몰라도 하울 정식은 안다

뒤죽박죽 어지러운 공간에서 먹을 만한 음식을 찾는 마르클, 하울이 아니면 다룰 수 없는 캘시퍼를 쉽게 다루는 소피, 달걀 껍데기를 맛있게 먹어 치우는 캘시퍼, 그리고 우아하고 부드럽게 달걀 프라이를 해내는 하울까지. 절대로 그냥 만들어진 장면이 아닐 것이다. 이런 이유를 포함해 내가 이 장면을 좋아하는 이유는 몇 가지 더 있다. 하울 정식이 만들어지던 곳이 어떤 곳인가? 하울의 심장인 캘시퍼가 머무는 중요하고 은밀한 장소가 아닌가! 캘시퍼는 하울의 명령만 듣는, 하울의 일부이자 전부인 존재다. 이토록 중요한 캘시퍼가 은밀히 머무는 장소에 주인의 허락도 없이 소피가 들어왔고, 캘시퍼는 소피의 명령을 듣게 된다. 게다가 관계 회피를 일삼던 하울이 소피와 제대로 마주 앉아 식사한다.

이 장면을 설명하는 것만으로도 가슴이 벅차오른다. 하울이 드디어 자신의 사적인 공간(마음)에 누군가를 들여놓았다는 뜻이기 때문이다. 하울이 '회피'를 넘어 '공존'을 향해 첫걸음을 내디딘 가

장 상징적인 순간이다.

구글에서 하울 정식이라는 단어를 검색해보면 약 342,000개의 검색 결과가 나온다. 이미지부터 영상까지 정말 어마어마한 양이 쏟아진다. 이쯤 되면 영화를 안 봤어도 하울 정식이 뭔지는 누구나 알 것 같다. 소피와 하울이 처음으로 함께 먹는 이 요리의 이름을 누가 붙여줬는지는 모르겠지만, 정말 기막히게 잘 만든 이름이라는 생각이 든다. 지브리가 이 영화를 처음 세상에 내놓았을 때, 이 평범한 서양식 아침 식사에 하울 정식이라는 이름이 붙고, 영화보다 더 유명해질 거라는 걸 예측했을까?

하울 정식 만들기

재료(3인분): 두툼한 베이컨 3장, 달걀 6개, 에멘탈 치즈, 식사용 빵, 홍차

① 베이컨을 앞뒤로 노릇하게 굽는다.
② 베이컨에서 나온 기름을 이용해 달걀 프라이를 만든다.
③ 구운 베이컨과 달걀 프라이를 접시에 담고, 빵과 치즈, 홍차를 곁들여 완성한다.

치즈와 햄을 올린 투박한 빵

〈하울의 움직이는 성〉의 배경은 유럽이다. 영화에 나오는 음식들도 빵이나 치즈가 주를 이룬다. 소피가 할머니가 된 직후 집을 떠나면서 챙겼던 음식도 빵과 치즈였다. 빵의 모양은 다소 거칠고 투박해 보였으며, 색은 통밀이나 호밀로 만든 것처럼 진한 색이었다. 손으로 쉽게 뜯어먹었던 것으로 보아 바게트류의 질긴 빵은 아닌 듯했다. 치즈는 구멍이 뚫린 세모 모양 덩어리 치즈로, 애니메이션에서 자주 등장하는 그런 치즈다. 치즈의 모양, 빵과 함께 먹기 좋은 치즈라는 점으로 추측해

보면 아마도 에멘탈 치즈가 아니었을까 싶다.

빵과 치즈에 대해 생각하다 보니 영화의 배경이 일본이나 한국이었다면 99.9% 주먹밥을 싸서 집을 떠났을 거라는 생각이 들었다. 영양학적으로 볼 때 탄수화물 덩어리인 주먹밥보다는 식이섬유와 탄수화물이 함유된 빵과 지방, 단백질, 칼슘이 들어 있는 치즈를 함께 먹는 것이 여러모로 건강에 좋기는 하겠다. 빵만 먹는 것보다 빵에 무언가를 곁들여 먹는 것이 (칼로리는 더 높을지 몰라도) 혈당을 낮추는 데 도움이 된다고 하니 소피는 의외로 자신을 똑똑하게 돌보고 있다는 생각이 들었다.

게다가 소피는 소박한 식사를 풍성하게 만드는 방법도 알고 있었다. 그녀는 늘 음식과 함께 홍차를 즐겼고, 아름다운 풍경을 감상할 줄도 알았다.

나중에 기회가 된다면, 호수 옆에서 테이블을 차리고 앉아 홍차를 마시는 소피의 표정을 자세히 살펴보길 바란다. 소피는 여전히 백발의 노인이었지만, 어쩐지 그 장면에서는 주름도 전보다 줄어들었고 얼굴과 눈에 생기와 총기가 넘쳐 보였다. 소녀 소피였을 땐 보지 못했던 편안하고 만족스러운 표정이었다. 청소를 끝낸 뒤 상쾌해서였을까? 아니면 예쁜 풍경을 바라보며 식사를 할 수 있어서였을까. 이유가 무엇이든 딱히 상관은 없다. 그 장면 속 소피는 누구보다 행복해 보였기 때문이다.

소피가 노인이 된 진짜 이유

애초에 소피가 노인이 된 건 마녀의 저주 때문이었다. 그런데 영화를 보다 보니 '어쩌면 소피 스스로가 노인이길 원했던 건 아닐까?' 하는 생각이 들었다. 소피는 저주가 풀리지 않은 상태에서도 종종 소녀 소피와 비슷한 모습으로 돌아갈 때가 있었는데 그럴 때는 보통 본래 '나'의 모습이 드러났을 때였다. 자신이 원하는 것을 솔직하게 표현하며 힘차게 살아가는 그 순간마다 소피는 원래의 모습으로 돌아가 있었다. 재밌는 건 노인 소피의 모습이 두드러질 때 역시 본래의 '내'가 드러났을 때였다는 점이다. 자신을 과소평가하고, 두려움에 사로잡히는 순간마다 소피의 주름은 더 짙어지고 허리는 더 구부러져 보였다.

소피의 이런 모습은 하울과 대화할 때도 여지없이 나타났다. 하울은 소피를 아름답다고 여겼지만, 소피는 자신이 예쁘지 않고 쓸모없다고 생각했다. **이 장면에서, 소피는 원래의 젊은 모습으로 거의 돌아간 상태였는데, 대화 도중 다시 할머니가 되어버린다.**

이때, 소피가 노인이라 좋은 점은 잃을 게 적은 거라고 중얼거린다. 나는 소피의 이 말을 통해 그녀가 어떤 마음으로 살아가는지 알 수 있었다. 소피는 잃는 것이 두려워 가지려고 하지 않는 사람이었고, 혼자 있게 되는 것이 두려워 그 누구도 곁에 두지 않는 사람이었다. 소피는 불행해질 것이 두려워 평범한 삶을 선택하는 겁쟁이였다. 이렇듯 **자신의 삶을 작게 여기는 소피의 마음이 소피를 노인으로 만들어버렸다.**

마음의 무게

〈하울의 움직이는 성〉에서 내가 정말 좋아하는 장면 중 하나는 하울이 자기 심장을 되찾은 뒤 몸이 너무 무겁다고 말하는 장면이다. 소피는 그런 하울을 보며 마음은 원래 무겁다고 이야기해준다. 마음이 무겁다니…. 마음이 무거운 거라니, 무척 마음에 드는 말이다.

　이처럼 하울이 심장을 되찾고 가장 먼저 알게 된 사실은 바로 마음이 무겁다는 거였다. 가벼운 마음과 호기심으로 누군가를 만나고, 상대의 마음이 어떻든 상관없이 훌쩍 떠나버리는 가벼움 그 자체였던 하울이 소피를 통해 마음은 무거운 것이라는 걸 알게 되는 순간이었다. 하울은 지키고 싶은 게 생겼고 사랑하고 싶은 것도 많아졌다. 이제 마음껏 마음의 무게를 느끼며 살기만 하면 된다. 하울은 무거워서 의미 있고 그래서 더 아름다운 인생을 살게 될 것이다. 그리고 하울 옆에는 하울을 성장시키는 데 일조한 경험으로 자기 효능감이 부쩍 올라간, 자신감 넘치는 소피가 함께한다.

16
마법은 없었고, 빛난 건 양파와 치즈뿐

게드전기 어시스의 전설(2006)

그 아버지에 그 아들이 아닐지 몰라도
오픈 샌드위치에는 정답이 없는 법

원제: ゲド戦記, Tales from Earthsea
감독: 미야자키 고로
일본 개봉일: 2006. 7. 29.
국내 개봉일: 2007. 8. 10.
상영시간: 115분
원작·각본: 어슐러 K. 르 귄(Ursula K. Le Guin, 원작:Earthsea), 미야자키 하야오(원안: シュナの旅), 미야자키 고로·니와 케이코(각본)
배경: 균형이 무너진 세계, 인간 세상에 종말의 징조가 드리운다. 위기에 처한 인간 세계이지만 간단하고 소박한 식사에서 대비를 통해 삶과 평화의 소중함이 느껴진다.
주요 등장인물: 아렌(엔라드 왕국 왕자), 하이타카 (어시스의 대현자, 마법사), 테루(상처 입은 소녀)

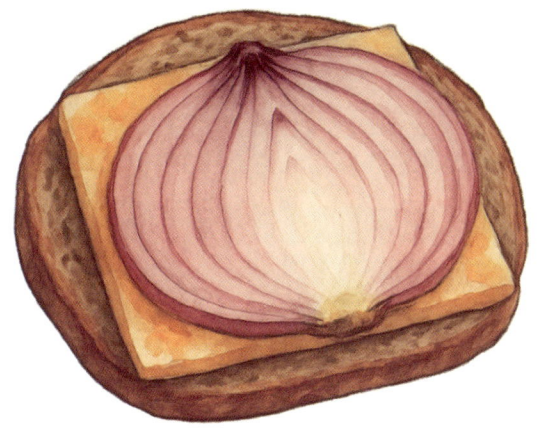

〈게드전기 어시스의 전설〉은 지브리 팬인 나조차도 '나중에 시간 많을 때 한번 봐야지.' 하고 미루고 미루다 겨우 본 영화다. 이 영화에는 **지브리 역사상 최고의 망작**이라는 꼬리표가 붙어 다닌다. 내가 영화 평론가도 아니고 보고 싶지 않은 작품에 일부러 시간을 내고 싶지 않았다. 하지만 나는 얼마 지나지 않아 결국 이 영화를 보게 되었다. 이유는 단 한 가지, 미야자키 고로(宮崎 吾朗, 196/~)[19]에 대한 연민 때문이었다.

주변을 둘러보면 무언가에 특출 난 사람들이

---

19 지브리의 거장 미야자키 하야오의 아들. 〈게드전기: 어시스의 전설〉(2006), 〈코쿠리코 언덕에서〉(2011), 〈아야와 마녀〉(2020) 등을 연출했다. 아버지의 천재성과 늘 비교되며 자주 평가 절하되지만, 자기만의 연출 스타일을 모색하고 있다.

가끔 하나씩 있다. 마치 신이 주신 듯한 재능을 가진 사람들. 그들은 평생 사람들의 기대를 한껏 받으며 살아간다. 나는 그런 경험이 없어서 잘 모르지만, 천재들의 삶이라는 건 좀 피곤할지도 모르겠다. 자유로울 때만 비로소 무언가를 해낼 수 있는 나 같은 사람은 천재들이 늘 받게 되는 기대감의 무게를 감당할 수 없을 것이다. 아무튼 '잘난 사람들'의 삶을 자세히 들여다보면 그의 주변에서 힘들어하는 사람들을 아주 쉽게 발견할 수 있다. 천재 주변엔 딱히 열등한 존재가 아님에도 자신이 항상 열등하다고 여기며 살아가는 사람이 있다.

천재 아버지를 가진 미야자키 고로는 평생 어떤 마음으로 살았을까? 비화에 따르면 고로는 애초에 애니메이터도 아니었다고 한다. 그는 건축가로서 재능과 자질이 충분한 사람이었다고 전해진다. 미야자키 하야오의 깐깐한 성격 탓에 지브리 박물관 개관이 지연되던 중, 성공적으로 완공하는 데 공을 세운 인물이기도 하다. 자신의 분야에서 두각을 보였던 고로에게 지브리 프로듀서 스즈키 토시오가 접근했다. '건축 실력이 이 정도라면 애니메이션도 잘 만들지 않을까?'라는 마음으로 그에게 〈게드전기 어시스의 전설〉 감독을 맡겨버렸다. 그래도 그렇지, 스즈키 토시오는 도대체 무슨 생각으로 고로에게 감독을 맡겼을까? 스즈키 토시오의 입장에서 최대한 추측해보자면 아마도 '그 아버지에 그 아들'일 거라고 생각했을 것이다. 미야자키 고로는 천재의 아들이었기 때문에 자신이 원하지 않던 길에 들어서야 했고, 해본 적없는 일을 해내야만 했다. 애니메이터의 길을 걷기 시작한 뒤로는 줄곧 아버지와 비교당하며 살아가게 된다. 이 무슨 비극이란 말인가.

　아무튼 그렇게 미야자키 고로가 처음으로 감독한 이 영화는 시원하게 망한다. '내가 만약 고로였다면…'이라는 생각을 가끔 한다. 나는 이 일이 고로에게 오히려 잘된 일이 아닌가 싶다. 한번 대차게 말아먹어야 주변 사람들이 다시는 고로에게 아버지의 길을 걸으라는 부담을 주지 않을 것 같았기 때문이다. 하지만 이후에도 작품을 두 개나 더 한 걸 보면 고로가 애니메이터로서 욕심이 영 없었던 건 아닌 모양이다. 고로가 애니메이터가 되고 싶었는지 아니었는지에 관해서는 잘 모르겠지만 결국 이 길로 늘어선 이상 미야자키 하야오와의 비교는 더 이상 피할 수 없게 되었다. (미야자키 고로가 좀 짠하긴 하지만 그렇다 해도 〈게드전기〉가 지브리 최악의 작품이 아니라고는 못 하겠다.)

지브리 영화 속 오픈 샌드위치

〈게드전기〉에도 음식이 나온다. 영화의 배경 상 화려한 음식보다는 간단히 끼니를 때울 수 있는 음식 정도만 등장한다. 빵, 토마토수프, 죽, 샌드위 치 등이 나오는데, 그중 내가 가장 눈여겨본 음식 은 오픈 샌드위치였다. 야외에서 즉석으로 만들 어 먹는 오픈 샌드위치는 특별한 재료를 넣지 않 았는데도 먹음직해 보였다. 이 샌드위치는 빵 위 에 두툼한 치즈와 자색 양파를 올린 샌드위치다. 옅은 갈색이 감도는 빵과 노란색 치즈, 자줏빛 양 파가 한데 어우러지니 재료들의 색감 때문인지 꽤 식욕이 자극되었다. 음식을 만들다 보면 맛도 맛이지만 음식의 색감이 얼마나 중요한지 알 수 있다. 맛은 기본이고 오감의 만족까지도 추구하 게 되면서 '이것이 일종의 탐욕 아닐까?' 하는 생 각에 마음이 불편한 적도 있었다. 하지만 힘든 세 상살이에 이런 즐거움이라도 있어야 하는 거 아 닐까 싶기도 해서 이 정도는 자신에게 허용하고 싶다.

다양한 재료를 올린 오픈 샌드위치들

〈게드전기〉뿐 아니라 지브리 영화에서는 오픈 샌 드위치를 자주 볼 수 있다. 일반 샌드위치보다 오 픈 샌드위치가 더 맛있어 보이는 이유는, 아무래도 재료들이 훤히 드러나 있기 때문이 아닐까 싶다. 애니메이션에 나오는 샌드위치 재료들은 보통 햄, 채소, 치즈 정도다. 그러다 문득 다른 사람들이 샌드위치에 어떤 재료들을 넣는지 궁금해졌다. 찾아보니 생각했던 것보다 훨씬 많은 종류의 오픈 샌드위치가 있었다. 짭조름해서 식사 대용으로 좋은 샌드위치, 새콤함과 담백한 맛이 두드러져 식전에 먹기 좋은 샌드위치, 달달함이 넘쳐서 디저트로 먹기 좋은 샌드위치까지. 크게는 3종류

로 분류되었다. 지브리 애니메이션에 많이 나오는 종류는 식사 대용의 오픈 샌드위치였고, 보통은 아침 식사하는 장면에서 자주 등장했다.

나는 잘 구운 식빵 위에 크림치즈를 바르고 아보카도와 수란, 잎채소를 올린 뒤 후추와 소금, 발사믹 소스를 부려 먹는 오픈 샌드위치를 좋아한다. 영양 면에서도 균형이 좋아 한 끼 식사로 아주 괜찮다. 가끔 달달한 게 당길 땐 구운 식빵에 100% 땅콩버터를 바르고 바나나를 올려 먹기도 하고, 구운 식빵 위에 크림치즈와 토마토, 바질잎을 올려 담백하고 상큼한 맛을 즐기기도 한다. 최근에는 애니 음식을 만들다가 낫토(納豆)를 올린 오픈 샌드위치를 만들어보기도 했는데, '이런 거까지 올려도 되는 건가?' 싶었지만 생각보다 먹을 만해서 꽤 놀랐던 기억이 있다.

짱구는 고추냉이를 넣은 낫토를 식빵에 올려 먹었고 〈아따맘마〉의 동동이는 낫토 이외에 다른 재료들을 더 넣어서 샌드위치를 만들어 먹었다. 낫토를 좋아하지 않는 내게는 동동이 버전이 훨씬 먹기 편했는데, 말이 나온 김에 동동이 버전의 레시피를 소개해보겠다.

낫토 피자 오븐 토스트 만들기

재료: 식빵 1개, 낫토 적당량, 토마토 1/3개. 케첩, 모차렐라 치즈 1장, 가다랑어포

① 잘 저어 거미줄이 잔뜩 생긴 낫토를 식빵 위에 올린다.

② 깍둑썰기한 토마토를 올리고, 케첩을 뿌린다.

③ 모차렐라 치즈를 얹는다.

④ 200도로 예열한 오븐에서 5분간 굽는다.

⑤ 마지막으로 가다랑어포를 올려 완성한다.

17
포뇨 꿀우유 마시고 꿀잠자

벼랑 위의 포뇨(2008)

누가 알겠어?
인스턴트 라면 하나가 내게 기쁨을 가져다줄지

원제: 崖の上のポニョ, Ponyo on the Cliff by the Sea
감독: 미야자키 하야오
일본 개봉일: 2008. 7. 19.
국내 개봉일: 2008. 12. 18.
상영시간: 101분
원작·각본: 미야자키 하야오
배경: 현대 일본의 바닷가 마을. 포뇨는 소박하지만 따뜻함이 담긴 음식으로 인간 세계와 연결된다.
주요 등장인물: 포뇨(물고기 소녀), 소스케(다섯 살 소년), 리사(소스케의 어머니), 후지모토(포뇨의 아버지), 그란만마레(포뇨의 어머니, 바다의 여신)

지브리 작품에 등장하는 인간 캐릭터 중 가장 귀여운 캐릭터를 뽑으라고 한다면 많은 이가 이견 없이 포뇨를 고를 것이다. 손가락으로 찔러보고 싶을 정도로 통통한 볼과 붉고 곱슬곱슬한 머리카락, 동글동글한 몸과 오동통한 팔다리, 한번 들으면 절대 잊을 수 없는 목소리까지. 이렇게 귀여운 생명체가 실존한다면 아마 SNS에서 난리가 날지도 모르겠다. 하지만 인먼어 시절의 포뇨는 어딘가 괴이하다. 내가 금붕어를 무서워해서 그런 건지는 모르겠지만, 사람과 비슷한 얼굴을 가진 금붕어라니, 상상만 해도 끔찍하달까?

어릴 때라 과정이 정확하게 기억나진 않지만, 여차여차해서 어항에 있던 붉은색 금붕어가 튀어

나와 바닥에 떨어진 적이 있다. 금붕어는 곧 죽을 것처럼 바닥에서 파닥거렸다. 나는 이 녀석을 빨리 어항 속으로 넣어줘야 한다는 걸 알고 있었지만 아무것도 할 수 없었다. 금붕어를 손으로 잡는다는 건 내게는 상상할 수 없는 일이었다. 왜냐하면 나는 금붕어를 무서워했으니까. 결국 다른 사람에게 부탁해 금붕어를 어항으로 돌려보냈고 다행히 금붕어는 무사했지만 뭣 때문인지 지금까지도 그 기억이 선명하게 남아 있다.

가끔 영화를 보다가 별거 아닌 장면에서 다양한 감정이 올라올 때가 있다. 이렇게나 귀여운 포뇨를 보면서도 '인간 얼굴을 가진 금붕어 너무 끔찍해.'라고 생각하는 걸 보면 영화를 볼 때 느끼는 감정이나 해석 등은 지극히 개인적인 경험이나 기억과 맞닿아 있는 것 같다. 그래서 나는 "뭘 그렇게 예민하게 굴어?"라는 반응을 싫어한다. 귀여운 포뇨를 보고도 어릴 적 겪은 금붕어 사건이 떠올라 부정적인 감정에 쉽게 노출되는 것이 한없이 연약한 인간이거늘, 타인에게 함부로 왜 그런 감정을 느끼냐고 나무라면 안 되는 거 아닌가 해서 말이다. 타인의 삶을 이해하려는 노력 없이 가볍게 말하고 반응하는 것은 무례한 태도다.

사실 내가 이 영화에서 두려움을 느꼈던 포인트는 금붕어 포뇨 말고도 한두 가지가 더 있다. 포뇨가 인간이 되겠다고 바다에서 탈출을 감행해 마을을 덮을 만한 큰 쓰나미가 일었던 일이나, 이런 와중에도 엄마가 어린 아들인 소스케를 그냥 집에 놔두고 할머니들을 돌보러 갔던 일이 있겠다. 그래서 나는 어느 순간부터 '〈벼랑 위의 포뇨〉는 그냥 동화다.'라고 생각하기로 마음먹었다. 이것저것 따지다 보면 이해되지 않는 부분부터 공포스러운 부분까지 이 영화를 즐겁게만 볼 수 없기 때문이다. 그러고 보니 어릴 때 읽었던 명작동화들도 어른이 된 지금 다시 떠올려보면 '액션 범죄 판타지 스릴러 공포 추리 로맨스물'로 느껴진다. 결국 바뀐 건 '나'인 건가?

포뇨가 햄을 좋아하는 이유

포뇨가 물고기였던 시절, 우연히 소스케를 만난 포뇨는 소스케가 호의로 내민 작은 빵 부스러기 대신 빵 사이에 있던 큰 햄을 덥썩 먹어버린다. 실제로 금붕어라든가 소형 열대어는 햄을 먹어서는 안 된다고 알고 있다. 작은 물고기가 고염분과 방부제 덩어리인 햄을 먹는다는 건, 곧 죽을 수도 있다는 뜻이기 때문이다. 그런데 물고기 포뇨는 햄을 먹는다. 아니, 햄을 좋아한다. 다행히 포뇨는 영화 속 주인공이다. 그래서 햄을 먹는다고 죽을 일은 없다. (다행이다.) 그렇다면 왜 영화는 햄을 좋아하는 물고기 포뇨를 자세히 묘사했을까?

　나는 포뇨가 햄을 좋아하는 것이 단순한 식성의 문제가 아니라 세상을 대하는 태도나 삶의 철학에 가깝다고 생각했다.

　생각해보자. 포뇨 같은 작은 생명체들은 본능적으로 조심성이 많다. 내가 키우는 강아지는 물고기보다 훨씬 큰 생명체이고 기본적으로 먹는 걸 아주 좋아하지만 새로운 간식이나 사료를 주면 일단 냄새부터 맡는다. 어린아이나 성인 인간들도 새로운 식재료를 만나면 일단 탐색부터 한다. 새롭고 낯선 것에 대한 경계심과 두려움은 나를 보호하고자 하는 본능적인 반응이고 생존의 기본 원칙이다. 하지만 포뇨는 달랐다. 햄에 대한 아무런 정보도, 탐색하는 시간도 없이 햄을 덥썩 먹어버린다. 나는 그 순간, 포뇨의 정체성이 드러났다고 생각한다. 포뇨는 거침없고, 주저함 없이 자신을 드러낸다.

　나는 포뇨를 드러내는 장치로 햄이 사용되었다는 점이 재밌게 느껴졌다. 인스턴트 식품이자, 가공된 인간 문명의 대표적인 음식. 자연(바다)에서는 절대로 만날 수 없는 음식. 포뇨가 살던 세상과는 완전히 다른 세계의 음식.

　포뇨가 햄을 좋아한다는 사실은 후지모토(포뇨의 아버지)와 극명한 대조를 이룬다. 한때 인간이었지만 이제는 생태계의 수호자로 살고 있는 후지모토는 자연을 망가뜨리는 인간 세계를 증오하는 인물이다. 그는 자신의 아이들이나 바다의 생물들이 인간 세계와 연결되지 않도록 언제나 주변을 감시하고 통제한다. 그런 그에게 인간 세계를 동경하는 포뇨는 그저 위태롭고 위험한, 자신이 보호해 마땅한 존재로만 보였을 것이다.

그런데 실상은 어떤가? 아버지 눈에 연약하기만 했던 포뇨는 처음 보는 음식 앞에서도 주저하지 않는 모험가였다. 포뇨가 햄을 먹는 그 장면이 하나의 선언으로 들렸던 이유가 여기 있었다.

'나는 새로운 세계를 받아들일 준비가 되어 있어요!'

안전한 경계 안에 머물기를 거부하고, 알지 못하는 세계로 나아가려는 의지. 자신과 타인에 대해 활짝 열린 마음. 이것이 포뇨가 햄을 좋아할 수밖에 없는 이유가 아닐까?

햄치즈 샌드위치 만들기

재료: 식빵 2장, (동그란 모양) 햄 2~3장, 슬라이스 치즈 2장, 버터헤드레터스(또는 청상추) 1장, 홀그레인 머스터드, 마요네즈, 꿀

① 홀그레인 머스터드 1숟가락, 마요네즈 1.5숟가락, 꿀 0.5숟가락을 잘 섞는다.

② 식빵 1장의 한쪽 면에 머스터드소스를 펴 바른다.

③ 나머지 식빵 1장의 한쪽 면에 마요네즈를 펴 바른다.

④ 머스터드를 바른 빵을 아래에 깔고 버터헤드레터스, 치즈, 햄을 순서대로 올린다.

⑤ 마요네즈를 바른 빵으로 덮는다.

따뜻함이 담긴 음식들

오해가 있을 것 같아 다시 이야기하지만 나는 〈벼랑 위의 포뇨〉에 나오는 모든 장면을 무서워하진 않는다. 이 영화는 사람과 사람의 관계나 동화 같은 작화 등에 중점을 두고 보면 더할 나위 없이 따뜻하고 멋진 영화다. 애니 음식 덕후의 눈으로 보았을 때 그중 단연 돋보이는 건 당연히 따뜻함을 담은 음식들이고.

포뇨가 바람과 파도를 뚫고 소스케를 찾아왔을 때 포뇨의 동생 금붕어들은 큰 파도를 일으켜 포뇨를 축하해준다. 사실 이 장면도 정말 무서운 장면이다. 큰 파도가 이들을 덮칠 듯 날뛰어서 (실제로 차를 세워둔 도로가 잠겼다.) 리사가 아이들을 안고 집으로 재빠르게 피신한다. 이때 리사의 비장한 표정과 생글생글 웃고 있는 포뇨의 표정이 동시에 잡히는데, 정말 압권이다.

어쨌거나 리사는 큰 축하 파도를 맞아 물에 흠뻑 젖은 포뇨를 따뜻한 색 전등과 포근해 보이는 하얀색 타월로 맞이한다. 이 장면부터 리사가 집을 나서기 전까지의 장면은 이 영화에서 내가 가장 좋아하는 부분이다. 리사가 아이들을 바라보는 표정이나 집 안의 온기를 나타낸 따뜻한 색의 조명, 아기자기하고 다채로운 소품들까지 어느 하나 맘에 들지 않는 요소가 없다.

나는 이 장면이 정말 철지하고 영리하게 만들어진 거라고 확신한다. 리사가 집에 들어와 조명을 켠 뒤 가장 먼저 한 행동 때문이다. 리사는 집에 들어와 비장한 표정으로 커튼을 열고 집 밖의 바다 상황을 제대로 볼 수 있게 한다. 이 장면엔 사나운 파도가 곧 이 집을 삼켜버릴 듯한 모습과 따뜻하고 안전해 보이는 집 안의 모습이 동시에 들어 있다. 집과는 대비되는 밖의 모습 때문에 집 안의 따뜻함이 더 극대화되어 보였다. 정말 이상한 점은 그들은 집을 집어삼킬 만한 두려운 요소가 아식 사라지지 않았는데도 스스로 진성하고 평온을 유지한다는 거였다.

지금은 진정해야 해. 알았지?
(리사가 집에 들어오자마자 아이들에게 한 말)

꿀을 넣은 따뜻한 우유

포뇨가 따뜻한 색 조명 아래, 포근한 타월의 부드러움에 흠뻑 취해 있을 때 리사는 아이들에게 따뜻한 우유를 내온다. 그러고는 우유에 달콤한 꿀 한 스푼을 넣어 준다. 정말 이건 마셔본 사람만 안다. 쌀쌀한 날 따뜻한 우유가 목으로 넘어가는 그 느낌. 우유가 위장으로 흘러 들어갔을 때 느껴지는 든든한 포만감. 거기에 설탕의 단맛과는 결이 다른 달콤쌉싸름한 꿀맛까지. **'이런 거 마시고 다른 거 하면 반칙'**이다. 곧장 이불 속으로 들어가 이불의 촉감을 느끼다 잠들어야 한다. 그날 밤은 반드시 꿀잠 예약각이니 잠이 안 온다면 포뇨가 마셨던 꿀우유를 만들어 마셔보길 권한다.

포뇨의 꿀우유 만들기

재료: 우유 1컵, 꿀 1숟가락

① 우유를 냄비나 전자레인지에 데워 따뜻하게 만든다. (끓이지 말고 김이 날 정도까지만)

② 컵에 꿀을 넣고, 따뜻한 우유를 부어 잘 저어 준다.

③ 기호에 따라 계피가루를 살짝 뿌리면 풍미가 더해진다.

햄을 넣은 인스턴트 라면

하울 정식만큼이나 유명한 지브리 음식이 있는
데, 그것은 바로 포뇨 라면이다. 이 음식은 그릇에
넣어 뜨거운 물을 부으면 완성되는 일본의 흔한
인스턴트 라면 위에 포뇨가 좋아하는 햄과 삶은
달걀, 송송 썬 대파를 올려 그 퀄리티를 한껏 올린
음식이다. (이 장면 덕분에 일본에는 면 자체에 간이 되
어 있어 별도의 수프가 들어 있지 않은 라면도 있다는 걸
알게 되었다.)

　생각해보면, 대충 물만 부어 먹어도 되는 인스
턴트 라면이었다. 그런데 리사는 굳이 예쁜 돈부
리 그릇을 준비해 아이들이 직접 식사를 준비할
수 있도록 참여시켰다. 거기에 더해 아이들이 좋
아하는 재료를 몰래 그릇 안에 넣어 돈부리 뚜껑

을 열었을 때 그 기쁨이 배가 되게 해주었다. 인스턴트 라면 하나로 리사는 포뇨와 소스케의 시간을 행복한 시간으로 바꿔주었다. 이 장면은 허약하고 부족해 보이는 우리의 삶도 얼마든지 풍요로워질 수 있음을 말해준다. 이미 가지고 있는데도 발견하지 못해 그냥 지나쳐버린 기쁨들이, 나의 시간 안에 얼마나 많이 존재하는가.

다양한 인스턴트 라면

애니메이션을 보다 보면 정말 많은 컵라면이 나온다는 걸 알 수 있다. 특히나 비현실적으로 큰 건더기가 들어 있는 컵라면을 보았을 땐 당연히 과장된 그림일 거라고 생각했다. 그런데 착각이었다. 나는 아직도 닛신 컵라면을 처음 먹었을 때의 놀라움을 생생하게 기억한다. 애니메이션에 나오는 컵라면들을 보면 어떤 회사의 제품인지 정확히 표시되어 있지 않지만, 애니 음식 덕후들은 애니 속에 등장하는 컵라면 대부분이 닛신 컵라면이라는 사실을 알고 있다. 닛신은 세계 최초로 인스턴트 라면 상업화를 성공시킨 회사다. 닛신 식품의 창업자이자 인스턴트 라면을 개발한 안도 모모후쿠(安藤 百福, 1910~2007)[20]의 일대기를 그린

---

20 닛신식품 창업자이자 인스턴트 라면 발명가로, 1958년 '치킨 라멘'을 개발하고 1971년 세계 최초 컵라면인 '컵누들'을 출시했다.

드라마 〈만복〉[21]을 본 적이 있다. 그래서 닛신이 얼마나 라면에 진심인지 알고 있었다. 그래도 그렇지, 이토록 비현실적인 건더기가 들어 있는 라면이라니…. 먹어봤는데도 믿을 수가 없다.

　캠핑 이야기를 다룬 애니메이션 〈유루캠프〉[22]에서 주인공 나데시코가 먹었던 카레 맛 컵라면 속 감자가 얼마나 큰지, 〈건어물 여동생 우마루짱〉[23]에 나왔던 오리지널 맛 컵라면 속 새우와 달걀이 얼마나 실한지, 〈주술회전〉[24]에 나왔던 시푸드 컵라면 속 게맛살과 문어(또는 오징어)가 얼마나 맛있는지, 그건 정말 먹어본 사람만 안다.

21　2018년에서 2019년까지 NHK에서 방송된 드라마 〈만복(まんぷく)〉은 닛신식품 창업자 안도 모모후쿠와 그의 아내를 모델로 한 아사도라(朝ドラ, 아침 연속 TV 소설)다. 인스턴트 라면 개발 과정을 다룬 작품.

22　〈유루캠△(ゆるキャン△)〉(2018)은 아프로의 동명 만화를 원작으로 한 TV 애니메이션으로, 고등학생 소녀들이 캠핑을 즐기는 일상을 담은 힐링물이다

23　〈건어물 여동생 우마루짱(干物妹! うまるちゃん)〉(2015~2017)은 산카쿠 헤드의 만화를 원작으로 한 애니메이션으로, 겉으로는 완벽하지만 집에서는 오타쿠로 지내는 여고생 우마루의 이중 생활을 그린 코미디다.

24　〈주술회전(呪術廻戦)〉(2018~)은 아쿠타미 게게의 만화를 원작으로 한 TV 애니메이션이다. 저주와 주술사들의 싸움을 다룬 점프 대표 작품이다.

18

아리에티 토스트의 정체? 웰시 래빗이 뭐길래

마루 밑 아리에티(2010)

각설탕을 전한 '친절'
그리고 살아남기 위한 누군가의 '최선'

원제: 借りぐらしのアリエッティ, The Secret World of Arrietty
감독: 요네바야시 히로마사
일본 개봉일: 2010. 7. 17.
국내 개봉일: 2010. 9. 9.
상영시간: 94분
원작·각본: 메리 노튼(Mary Norton, 원작: The Borrowers), 미야자키 하야오·니와 케이코(각본)
배경 및 시대: 현대 일본. 소인들의 생활에 필요한 음식은 거대한 세상과 연결되는 통로이자, 인간과 관계를 맺는 상징적인 요소로 이용된다.
주요 등장인물: 아리에티(쇼의 외할머니 집에 사는 소인), 쇼(심장병을 앓는 소년), 사다코(쇼의 외할머니), 하루(쇼의 외할머니 집에서 근무하는 가정부)

영화는 주인공 쇼(翔)[25]의 독백으로 시작한다. 그
해 여름, 엄마가 자란 낡은 집에서 일주일을 보냈
다는 내용이다. 쇼의 독백이 끝나면 들릴 듯 말 듯
한 하프 소리와 청아한 목소리가 어우러져 나온
다. 이 음악은 세실 코르벨(Cécile Corbel, 1980~)[26]의
〈방치된 정원The Neglected Garden〉이라는 곡이다.

영화관에서 처음 〈마루 밑 아리에티〉를 보았
을 때가 기억난다. 그해 여름이라는 특성한 시짐,
엄마가 자랐던 낡은 집이라는 특정한 장소, 일주

---

25 〈마루 밑 아리에티〉에 등장하는 남자 주인공으로, 심장병을 앓고
    있는 소년이다. 아리에티 가족이 사는 집에 머물며 아리에티와 교
    류하는 인물이다.

26 프랑스 출신 하프 연주자 겸 싱어송라이터로, 〈마루 밑 아리에티〉
    주제가와 음악을 맡아 지브리 작품 최초 해외 음악가로 참여했다.

일이라는 한정된 시간에 무슨 일이 벌어지게 될지 자연스레 기대할 수 있도록 세실 코르벨의 음악은 관객을 영화 속 어딘가로 데려가준다. 하프와 어쿠스틱 기타가 이렇게 조화로울 수 있을까? 매력적이다 못해 신비하기까지 한 세실 코르벨의 목소리가 신의 소리처럼 느껴졌다. 〈마루 밑 아리에티〉 음악들에는 하프 연주자 세실 코르벨의 색이 진하게 입혀져 있다. 이 영화에서 음악이 차지하는 지분은 얼마나 될까? 개인적으론 세실 코르벨의 음악이 없이는 〈마루 밑 아리에티〉가 완성될 수 없었을 거라고 생각한다.

'작은 인간'[27]은 소설, 영화 등에서 자주 볼 수 있는 소재이다. 〈마루 밑 아리에티〉에도 사람의 집에서 몰래 거주하면서 물건을 빌려 쓰는 작은 인간이 등장한다. 어릴 때 보았던 동화 〈백설 공주〉[28] 속 난쟁이나 〈개구쟁이 스머프〉[29]의 영향이 커서일까? 내가 생각하는 소인족의 외형은 머리

---

27 소인족은 민담·동화·애니메이션에 자주 등장하는 작은 인간 종족으로, 『걸리버 여행기』의 릴리풋이 대표적이고 〈마루 밑 아리에티〉에 등장하는 '빌려 쓰는 사람들' 역시 '작은 인간'의 하나다.

28 〈백설공주Schneewittchen〉(1812)는 그림 형제(브라더스 그림, Jacob & Wilhelm Grimm)의 동화로, 질투하는 계모와 독사과, 일곱 난쟁이, 잠든 공주가 중심 인물로 등장한다. 공주가 왕자의 키스로 깊은 잠에서 깨어나는 이야기로 잘 알려져 있다

29 〈개구쟁이 스머프The Smurfs〉(1981~1989)는 한나 바바라(Hanna-Barbera)가 제작한 TV 애니메이션으로, 파란 요정 스머프들의 모험을 다룬 작품이다.

가 몸의 1/3을 차지하는 그런 류였는데, 아리에티는 완벽한 비율을 가진 작은 인간이다. 그야말로 크기만 작게 줄여놓은 (예쁜) 인간. 영화 도입부에서 아리에티 가족을 제외한 소인족이 거의 멸종된 상태라는 점이 언급된다. 왜 소인족이 멸종했는지에 관해서는 정확히 언급하고 있지 않지만, 사람 눈에 띄기만 해도 새로운 곳으로 이주하는 걸로 봐서는 아마도 인간, 또는 소인족보다 큰 육식동물들에게 위협당한 것이 분명해 보였다.

언젠가 친구에게 내 미래 계획을 이야기한 적이 있다. 아이들이 어느 정도 크면 도시를 벗어나 시골 어딘가로 가서 살고 싶다는 내용이었다. 평소 벌레를 끔찍히 싫어하는 내게, 친구는 "네가 벌레들이 살고 있는 곳에 집 짓고 사는 건데 걔네랑 같이 사는 거 싫어하면 거기서 못 살아."라고 말했다. 생각해보니 맞는 말이었다. 시골에서 살려면 온갖 곤충, 벌레들과 친해지거나 그게 싫다면 그곳을 떠나야 하는 게 맞다. 그런데 만약 위에 세시한 두 가지 방법이 전부 마음에 들지 않는다면 어떻게 해야 할까? 깊이 생각할 필요도 없이 땅의 주인인 벌레와 곤충들을 쫓아내거나 죽이고 그 땅을 차지해버리면 되는 일이다. (나는 땅의 주인을 해치면서까지 그 땅을 차지하고 싶지는 않다.) 왜 아리에티의 동족들은 소멸하게 되었을까? 아리에티의 가족들은 왜 그토록 인간을 무서워하고 피해 다니는 걸까? 영화는 그 이유를 굳이 설명하지 않는다. 우리 모두 그 답을 알고 있기 때문이다.

이 가족이 크림 스튜를 먹는 방법

아리에티가 처음으로 아빠와 함께 인간의 물건을 빌리러 갔던 날. 겁이 많고 걱정이 많은 엄마와는 달리 용기 있고 긍정적인 아리에티는 한껏 기대에 부풀어 있었다. 엄마가 그토록 바라는 각설탕을 반드시 사수해 오겠다고 다짐했고 잘할 수 있다고 생각했다. 하지만 쇼의 방에서 아리에티는 각설탕을 떨어뜨리는 실수를 하고 만다. 그 일로 아리에티의 가족은 어쩌면 사람에게 들켰을지도 모른다는 생각에 위기감을 느낀다. 가족들이 자신의 실수로 이사를 가야 할지도 모른다는 생각에 아리에티의 고민이 깊어질 때쯤, 쇼는 자신의 존재가 그들에게 위협이 된다는 사실조차 모른 채 각설탕을 돌려주는 친절을 베푼다. '잃어버린 것'이라는 쪽지와 함께 말이다.

인간에게 자신들의 존재를 들켜버려서 고민이 깊어진 아리에티 가족은 같은 문제를 앞에 두고도 각자의 성향대로 그 문제에 대해 고민하고 대처했다. 이 장면에서 등장하는 음식이 바로 크림 스튜다. 크림 스튜(クリームシチュー)는 일본에서

겨울철에 즐겨 먹는 가정식으로, 고형 룰(roux)을 풀어 감자·당근·브로콜리 등 채소와 고기를 넣어 끓여 먹는 음식이다. 나는 그들이 스튜를 먹는 모습과 표정을 보고 그들이 어떤 생각을 하는지 상상해볼 수 있었다.

엄마 호밀리는 걱정이 많은 성향대로 호들갑을 떤다. 각설탕을 놔둔 것은 함정이며 자신들을 다 잡으려고 한다고 생각한다. 벌써 들켰을지도 모르고 여차하면 이사 가야 할지도 모르지만 지금 사는 집이 무척 마음에 들어 떠나고 싶지 않은 눈치다. 왜 하필 가장 필요로 하는 각설탕을 유인책으로 삼았는지 생각할수록 분통이 터지는 듯 보였다. 각설탕이 분명 함정일 거라 생각하지만 동시에 너무 가지고 싶은 것이기 때문에 그녀의 감정이 소용돌이쳤다. 그렇게 호밀리는 앞에 놓인 스튜를 전투적으로 먹어 치운다.

아빠 포드는 문제 앞에서 가족이 동요하지 않도록 침착함을 유지한다. 위험을 감지해 흥분하는 엄마를 안심시키기 위해 아리에티에게 각설탕을 가져오지 말라고 당부하고, 집에 대한 애정을 드러내는 엄마에게는 꼭 이사 가야 하지 않을 수도 있다며 상황을 지켜보자고 위로한다. 온화한 표정을 유지한 채 스튜를 먹는 포드의 진짜 속마음이 어땠을까 상상해보니 본인도 두려웠을 텐데 자기 감정을 숨기고 가족을 돌봐야 하는 어려움이 고스란히 느껴졌다.

아리에티는 자신이 가족을 위험에 빠뜨렸다고 생각한다. 물건을 빌리러 가던 날 빛나던 호기심 어린 눈빛은 온데간데없이 세상 모든 근심을 다 가진 듯한 표정으로 식탁에 앉아 있다. 눈앞에 있는 갓 만든 스튜도 목으로 넘길 수가 없어 휘휘 젓기만 한다. 처음 영화를 봤을 때는 아리에티가 단순히 자책하고 있다고 생각했다. 그런데 영화를 반복해서 보다 보니 아리에티의 고민이 단순히 자책감에서만 오는 것이 아니라는 생각이 들었다. 자신의 실수로 가족이 위험에 빠진 것은 맞지만 떨어뜨린 각설탕을 '잃어버린 물건'이라고 여겨 돌려주려는 사람은 지금까지 겪었던 위협적인 사람들과는 다르지 않을까? 각설탕은 함정인가, 호의인가. 어떻게 하면 좋을까? 그를 믿고 각설탕을 가져와야 할까? 혹여나 각설탕을 가져왔는데 함정이라면 우리 가족은 어떻게 되는 걸까? 하는 여러 생각이 아리에티의 마음을 휘젓지 않았을까. 어쩌면 아리에티는 쇼가 좋은 사람이라고 믿고 싶었을지도 모르겠다. 쇼가 친절한 사람이어야만 자신과 가족이 이 애정 가득 담긴 집에서 계속 살아갈 수 있기 때문이다.

크림 스튜 만들기

[화이트소스 만들기]

재료(약 400ml 분량): 버터 50g, 밀가루 30g, 우유 2.5컵, 소금, 후추

① 중불로 달군 냄비에 버터를 넣어 녹인다.

② 버터가 완전히 녹으면 밀가루를 체에 밭쳐 손으로 톡톡 쳐가며 넣는다.

③ 주걱을 사용해 버터와 밀가루를 빠르게 섞고, 약 1분간 볶아준다.

④ 불을 끄고 우유를 1숟가락 정도 넣어 빠르게 저어준다. 이 과정을 3~4회 반복한다.

⑤ 표면이 매끄러워지면 남은 우유를 2~3회에 나눠 넣으며 잘 저어준다.

⑥ 우유를 모두 넣었으면 불을 다시 중불로 맞추고 저으면서 졸인다.

⑦ 소스가 끓기 시작하면 4~5분간 더 저으며 졸인다. 주걱으로 긁었을 때 바닥이 보일 정도의 농도가 되면 소금, 후추를 넣어 섞는다.

[크림 스튜 만들기]

재료(3~4인분 분량): 닭 가슴살 300g, 양파 1/3개, (큰) 감자 1개, 당근 2/3개, 브로콜리 한 줌, 버섯 한 줌, 물 2컵, 화이트소스 1.5컵, 올리브 오일, 소금, 후추

① 닭 가슴살은 한입 크기로 썬 후 올리브 오일, 소금, 후추로 밑간해 둔다.

② 준비한 채소들도 한입 크기로 썰어준다.

③ 팬에 올리브 오일을 두르고 닭 가슴살과 버섯을 구운 후 따로 담아둔다.

④ 같은 냄비에 올리브 오일을 두르고, 당근 → 감자 → 양파 → 브로콜리 순으로 넣어 볶는다.

⑤ 물을 붓고 중불에서 끓인다. 물이 끓어오르면 뚜껑을 덮고 약불로 10분간 더 끓인다.

⑥ 화이트소스를 넣고, 구운 닭 가슴살과 버섯을 다시 넣어 잘 섞는다.

⑦ 중불에서 끓어오르면 약불로 줄이고 5분 정도 더 끓인 후, 소금과 후추로 간을 맞춘다.

절망을 살아내는 두 가지 방법

아리에티와 쇼가 세상을 바라보는 관점은 완전히 달랐다. 심장이 좋지 않아 수술을 앞둔 쇼의 환경을 속속들이 다 알 순 없다. 하지만 수술 날짜까지 일주일 남은 시점에서 부모의 돌봄을 받지 못하고 할머니 집에 와 있다는 사실로 미루어 짐작해 보면 쇼는 외로운 삶을 살았을지도 모르겠다. 오랜 시간 아팠기 때문에 행동의 제약도 많았을 테고, 자연스레 친구도 사귀지 못했을 것이다. 아플 때 겪게 되는 일은 건강할 때 겪는 것보다 훨씬 더 크게 느껴지기도 한다. 쇼가 비관적으로 삶을 바라보게 된 건 아마 하루이틀 일 때문이 아니었을 터다.

쇼의 비관적인 태도는 아리에티와의 대화에서도 분명히 드러난다. 아리에티를 향해 너희 종족들은 결국 멸망할 것이고 너도 결국 혼자 남게 될 것이라는 말을 서슴없이 하는 쇼는 자신이 하는 말이 얼마나 폭력적인지조차 인지하지 못하는 것 같았다. 나는 이 장면을 보면서 소름이 돋았다. 영화를 보다가 이렇게 깜짝 놀란 적이 있었나? 나는 이런 끔찍한 이야기를 평온하고 온화한 표정으로 담담하게 말하는 쇼의 모습을 통해 쇼가 얼마나 절망적인 삶을 살았는지 짐작할 수 있었다. 아무렇지도 않게 저런 표현을 할 수 있다는 건 그가 그런 삶을 살아보았다는 뜻 아닐까. 겪어본 사람만 구사할 수 있는 언어가 있다.

하지만 아리에티는 쇼가 뱉은 절망의 언어를 정면으로 반박했다. 삶을 거의 포기한 듯한 쇼에게 아리에티는 삶에 대한 희망을 이야기하며 자신과 가족들이, 그리고 자기 종족이 삶을 이어가기 위해 얼마나 최선을 다했는지 말해준다. 살아남기 위해, 사라지지 않기 위해 위험을 감수하고 열심히 살아가고 있음을 온 마음 다해 이야기한다.

상황과 환경만 놓고 따지자면 아리에티도 쇼만큼 절망적인 삶을 살고 있었다. 아리에티는 가족과 스피라 이외엔 같은 종족은 만나본 적도 없고, 정말로 이 세상에 같은 종족이라고는 내 가족들만 남은 건 아닐까 하는 불안감과 고독감에 시달려 왔다. 사람들에게 들킬 때마다 가족의 안전을 위해 거처를 옮겨야 했고, 사람뿐 아니라 동물까지도 위협이 되는 환경에서 살아가고 있었다. 사람에게 빌리지 않으면 절대 연명할 수 없는 삶인데다가, 그조차도 빌리러 갈 때면 목숨을 걸어야만 했다. 아리에티 역시 불안하고 위태한 삶을 살아왔고 앞으로 큰 변수가 없다면 죽을 때까지 비슷한 삶을 이어가야 한다. 하지만 아리에티는 쇼와 달리 절망 대신 희망을 말한다.

살다 보면 선택할 수 없는 일도 있고, 잘못 선택하는 바람에 절망적인 상황과 마주할 때도 있다. 이런 일은 앞으로도 끊임없이 나를 찾아올 것이다. 살면서 반드시 누구에게나 주어지는 절망의 시간을 어떻게 마주하며 살아가고 싶은지 우리는 스스로에게 질문해봐야 한다. 쇼처럼 절망의 시간 속에서 자신을 흘려보내며 살지, 아니면 아리에티처럼 절망의 시간을 붙잡고 저항하면서 살지 우리는 선택해야 한다.

빌려 사는 삶이지만

쇼의 비관적인 태도가 너무 충격적이어서 그걸 위주로 영화를 풀어내긴 했지만 초반에 말했던 것처럼 이 작품 속엔 내가 좋아하는 요소들이 잔뜩 들어 있다. 아리에티 집 내부의 아기자기한 소품들, 온갖 들풀로 장식된 방, 요리를 좋아하는 호밀리의 취향이 가득한 주방 등 가능만 하다면 그대로 내 방에 가져오고 싶은 것들이 영화 속에 가득했다. 아마 대부분은 직접 만들거나 빌려온 물건이었을 것이다. 그 물건들에는 '사람에게 들키지 않고 죽을 때까지 이곳에서 살고 싶다.'라는 소망이 담겨 있었다.

특히 엄마 호밀리는 자신이 사는 곳과 가족들의 삶에 특별한 애정을 보였다. 비록 지하 한구석, 어두컴컴한 곳에서 살고 있지만 어떤 날은 바다 사진으로, 어떤 날은 별이 빼곡한 밤하늘 사진으로 창문 사진을 바꿔놓는 등 자신의 취향을 집 안 가득 담아냈다. 허브잎을 따다가 설탕과 뜨거운 물을 부어 만든 향기로운 차, 비스킷을 부숴 만든 쿠키와 먹음직스러워 보이는 빵. 보기만 해도 따뜻해지는 크림 스튜를 만들며 호밀리도 나름대로 주어진 삶을 누리고 있었다. 누군가는 이러한 삶을 보고 "살아도 사는 게 아니었겠다."라고 할 수도 있지만, 아리에티와 가족들은 그런 상황에서도 할 수 있는 것을 하며 희망을 품고 살아내려 애썼다. 나는 아리에티 가족이 지닌 힘이 삶에 대한 애정에서 나온다고 확신한다. 부족하면 부족한 대로, 힘들면 힘든 대로, 주어진 것에 애정을 쏟으며 살아갈 때 비로소 '잘' 살 수 있게 되지 않을까?

모로칸 민트 티 만들기

재료: 생 민트 잎(페퍼민트, 스피어민트 등), 말린 녹차 잎, 각설탕

① 민트 잎은 깨끗이 씻어 물기를 빼 둔다.

② 드립 포트(또는 주전자)에 녹차 잎 1스푼을 넣고, 뜨거운 물을 포트의 70%까지 채운 후 1~2분간 우려낸다.

③ 우려낸 녹차를 컵에 모두 따른다.

④ 드립 포트에 다시 뜨거운 물을 붓고 녹차 잎을 한 번 휘저은 후, 우러나온 찻물은 따라 버린다.

⑤ 처음 우려낸 녹차를 다시 포트에 붓는다.

⑥ 민트 잎을 포트 가득 넣는다. (민트 양은 취향에 따라 조절)

⑦ 각설탕을 넣는다.

※ 모로칸 민트 티[30]는 일반적으로 달게 마시는 차이므로, 설탕을 충분히 넣되 기호에 맞게 조절한다.

⑧ 뜨거운 물을 조금 더 붓고 5분 정도 우려낸다. 이때 가열해도 괜찮다.

⑨ 차를 컵에 따랐다가 다시 포트에 붓는 과정을 3번 정도 반복하면 모로칸 민트 티 완성!

진짜 웰시래빗이 아닐지도 몰라

쇼는 친절한 사람이었지만 결국 아리에티는 그 집을 떠나게 된다. 그렇게 집을 허둥지둥 빠져나온 첫날 밤, 아리에티와 가족들은 사람이 살지 않는 어느 허름한 오두막에서 쉬어간다. 이 장면에서 나온 음식은 화덕 같은 데서 막 꺼낸 동그란 빵이었고 위에는 치즈처럼 찰랑찰랑해 보이는 게

---

30 모로칸 민트 티(Moroccan Mint Tea)는 모로코 전통 녹차다. 달콤한 민트향 녹차로, 손님맞이와 환대를 상징하는 음료이다. 일본에서 전통적으로 마시는 음료는 아니며, 최근 카페나 전문점에서 이국적인 차 문화의 일부로 소개되고 있다.

올라가 있었다. 그게 어떤 음식인지 정확히 알 순 없었지만, 나는 그게 웰시래빗[31]이 아닐까 상상해 보았다. 웰시래빗을 만드는 영상을 만들 때만 해도 적어도 한국에서는 이 음식에 대해 다룬 영상이 없었기 때문에 영상을 본 사람들은 '아… 아리에티에 나온 그 음식이 웰시래빗이라는 음식이었구나.'라는 댓글을 달았다. 물론 나는 그런 댓글들을 보고 이건 나의 추측일 뿐이라고 말했지만, 이미 다들 아리에티가 먹은 이 음식이 웰시래빗이라고 생각하는 깃 같았디.

해당 영상을 만든 지 몇 년이 지난 지금은 어떻게 됐을까? 진짜 그렇게 믿은 건지 아니면 아무

---

31 웰시래빗(Welsh Rabbit, 혹은 Welsh Rarebit)은 웨일스 전통 치
    즈 토스트 요리로, 구운 빵에 치즈와 맥주·머스타드 등을 넣어 만
    든 소스를 얹은 음식이다. 이름은 토끼와 무관한 언어유희에서 유
    래하였다.

생각 없이 무작정 따라 한 건지는 모르겠지만, '마루 밑 아리에티에 나오는 웰시래빗'을 만드는 영상들이 꽤 많이 생겼다는 걸 알게 되었다. 나는 이런 일들을 바라보면서 재미있어했지만 한편으론 위험하다는 생각도 들었다. 영화 속 음식이 어떤 음식인지 정확하지 않을 때면 대부분 상상력에 의존해 음식을 만들었기 때문에 실제로 **그 음식**이 **이 음식**이 아닌 경우가 종종 있었다. 그래서 이게 **진짜 그거**라고 믿는 사람들을 보면서 이걸 가만히 보고만 있어도 되는 건가 싶기도 했다. 이런 일을 겪을 때면 나는 내가 만드는 게 음식이라서 다행이라고 생각한다. 내가 만드는 영상이 요리 영상이 아니라 누군가의 인생에 직접적인 영향을 줄 수도 있는 정보나 그 무언가를 다루는 콘텐츠였다면 이런 식으로 얼마든지 거짓이 퍼질 수도 있는 일이다. 나의 덕질을 단순히 내 만족과 돈벌이로만 생각하면 안 되는 이유가 여기에 있다.

웰시래빗 만들기

재료(식빵 2장 분량): 식빵 2장, 버터 15g, 페일 에일 또는 스타우트 계열 맥주 30ml, 머스터드 0.5순가락, 중력분 밀가루 7.5g, 체더치즈 70g, 달걀노른자 1개

① 작은 냄비에 버터를 넣고 약불에서 녹인다.

② 버터가 녹으면 맥주, 머스터드, 밀가루를 넣고 1~2분간 저으면서 끓인다.

③ 치즈를 넣고 천천히 저어가며 녹인 후, 불을 끄고 잠시 식힌다.

④ 치즈가 식으면 달걀노른자를 넣고 부드러워질 때까지 섞는다.

⑤ 프라이팬을 고열로 예열한 후, 식빵의 양면을 노릇하게 굽는다.

⑥ 구운 식빵 위에 ④의 치즈 소스를 골고루 펴서 얹는다.

※ 오븐에서 구울 경우, 볼록 올라온 부분이 탈 수 있기 때문에 치즈를 평평하게 펴는 것이 중요하다.

⑦ 에어프라이어에서 200도로 3분긴 굽는다.

※ 치즈를 적게 올렸다면 3분, 많이 올렸다면 5분 정도 굽는 것이 좋다.

※ 오븐을 사용할 경우, 토핑이 보글보글 끓어오를 때까지만 구우면 된다.

19

고등학생 우미가 하숙집의 영양을 책임진다…!

코쿠리코 언덕에서(2011)

흔하고 익숙한 음식으로도
얼마든지 그 시간을 반짝이게 할 수 있지

원제: コクリコ坂から, From Up on Poppy Hill

감독: 미야자키 고로

일본 개봉일: 2011. 7. 16.

국내 개봉일: 2011. 9. 29.

상영시간: 91분

원작·각본: 사야마 테츠로(원작 만화, 글), 타카하시 치즈루(원작 만화, 그림), 미야자키 하야오·니와 케이코(각본)

배경 및 시대: 1963년 요코하마, 항구가 보이는 언덕에 위치한 코쿠리코 하숙집. 하숙생들의 아침 식사와 공동체의 풍경을 통해 전후 일본의 따뜻한 일상을 보여준다.

주요 등장인물: 마츠자키 우미(고등학생 소녀), 카즈마 슌(고등학생 소년)

〈코쿠리코 언덕에서〉는 21세기에 접어들며 일본 사회가 뒤틀린 것 같다고 느낀 미야자키 하야오의 문제의식에서 출발한다. 그는 일본 사회가 경제적으로 풍요로워졌지만 사람들은 행복하지 않은 상태로 살아간다고 느꼈다. 스즈키 토시오는 미야자키 하야오와의 대화를 통해 이 문제를 제대로 보기 위해서 문제가 시작된 시대를 그리는 것이 의미가 있겠다고 생각했고, 그렇게 이 영화를 기획했다고 언급했다.

　〈코쿠리코 언덕에서〉를 처음 본 사람들이 느끼는 감정은 아마도 '전혀 공감이 안 된다.'일 것이다. 시대적 배경은 1963년이고, 이제 60대 중반에 접어든 나의 어머니도 63년엔 미취학 아동이었던 점을 고려하면 이 영화를 보고 향수를 느낄 수 있으려면 적어도 70대 이상이어야 할 것이다. 하지만 모든 걸 이해해야만 영화가 재밌는 건 아니니까 딱히 공감하지 못한다 해도 상관없다. "아, 저 땐 그랬구나" "근데 진짜 저랬다고?" "내가 고등학교 땐 어땠지?" "요즘 고등학생들은?" "와, 말도 안 돼!"라는 말을 연발하며 보긴 했지만 흥미로웠다.

감독인 미야자키 고로도 이해할 수 없는 시대의 이야기를 만들어야 했기 때문에 각본은 미야자키 하야오가, 자문은 그 시대에 고등학생이었던 스즈키 토시오가 맡았다고 한다. 나는 이 작업이 감독에게 꽤 재밌는 과정이었을 거라고 확신한다. 상상력이라는 게 그렇지 않은가. 잘 아는 것보단 잘 모르는 것과 마주할 때 튀어나오곤 하니까.

제작 비화나 인터뷰 등을 읽어보면 당시 일본 분위기는 희망찼다고 한다. 전쟁이 끝나고 아무것도 없는 곳에서 새롭게 일어나 성장을 이루고 있는 시점이었기 때문에 자연스럽게 밝은 미래를 기대하던 정서가 흘러넘치는 시대였다. 당시 정서를 조금이라도 이해하고 영화를 보면 주인공이 다니던 학교 안에서 벌어지는 일들에 대한 공감도 높아진다. 지금을 살아가는 우리들에겐 순수하게 학문을 탐구하고 자신들이 옳다고 생각하는 것들을 위해 논쟁하고 무언가를 개선하는 데 시간과 마음을 쓰는 일이 멀게만 느껴지지만, 그 때 그 시절 고등학생들에겐 전혀 이상한 일이 아니었을 것이다. 2025년을 살아가는 내 눈엔 10대 후반의 시기를 저렇게 보낼 수 있다는 그 자체가 축복처럼 느껴졌다. 돈벌이로 연결되지 않는 일에 순수한 열정을 쏟는 것이 시간 낭비일 뿐이라고 여기게 되기까지 우리에겐 대체 어떤 일들이 있었던 걸까? 역사를 되짚어보면서 여러 문제를 해결하고자 하는 시도들마저 귀해진 시대, 우리는 지금 그런 시간을 살고 있는 게 아닐까.

영화 속 여성 캐릭터들

주인공 우미는 열여섯 살, 고등학교 2학년이다. 아빠가 그리워 매일 아침 국제신호기를 계양하고 외국에 간 엄마를 보고 싶어 하면서도 코쿠리코 하숙의 실질적인 운영자로 맡겨진 일을 야무지게 해내는 캐릭터이기도 하다. 우미의 엄마는 의사인 동시에 대학 조교수로 외국을 오간다. 저 시대에 이런 커리어를 가지려면 부유한 집안에서 태어났다고 추측할 수 있다. 그래도 남편이 한국전쟁 당시 사망하여 적어도 10년 전부터 혼자 아이 셋을 건사하며 공부했을 텐데, 집안 배경이 좋다고는 해도 본인의 열정과 사명 없이는 절대로 해낼 수 없는 일들을 해낸 캐릭터이다.

코쿠리코에서 하숙하는 여성들은 또 어떤가? 하나는 화가, 하나는 레지던트. 영화의 시대 배경을 생각하면 정말 입이 떡 벌어지는 여성 캐릭터들이다. 사실 원작[32]에선 레지던트 하숙생이 남성 캐릭터였고 우미의 엄마도 의사가 아니다. 영화마다 여성 캐릭터를 진취적으로 그리는 건 지브리의 의지라고 늘 생각해 왔다. 지브리가 그리는 여성은 항상 적극적이며 용감했고, 성장하는 캐릭터였다. 아버지가 죽고 가세가 기울어 어린 동생들 뒷바라지하는 데 자기 인생을 모조리 바치면서도 억울해하지 않는 착한 장녀가 등장하는 한국의 드라마와 영화를 보고 자란 세대라 그런지, 지브리의 이야기를 보고 있으면 왠지 안심되곤 했다. (실상은 그렇지 않다 하더라도 말이다.) 끊임없이 새로운 여성상을 그려낸 지브리의 의지가 분명 나 같은 사람들에게 위안이 되었을 것이라 생각하니 새삼 지브리에 진심으로 고마워졌다.

---

32 1980년 《나카요시》에 연재된 사이토 치즈루(원작)와 타카하시 유메아키(그림)의 동명 만화를 원작으로 하며, 지브리 애니메이션 〈코쿠리코 언덕에서(コクリコ坂から)〉(2011)는 이를 바탕으로 1960년대 요코하마를 무대로 재해석하였다.

지브리의 로맨스

지브리는 로맨스물을 거의 만들지 않는다. 로맨스라는 타이틀로 홍보한 지브리의 영화들도 어느 부분에서 사랑을 느껴야 하는지 모호할 때가 많았다. 로맨스라고 그려진 부분을 이해하려고 노력해 봐도 대체로 설레지 않았다. 지브리는 자신들이 로맨스를 잘 다루지 못한다는 걸 알고 있고, 그래서 로맨스 영화를 만들기 꺼린다고 한다. 정말 영리한 선택이다. 이 영화에도 로맨스가 등장하지만, 개인적으로 설렘 포인트는 그다지 없었다. 주인공들이 남매일지도 모른다고 밝혀진 영화의 중반부에서도 그들의 이루어질 수 없는 사랑이 안타깝거나 그와 비슷한 감정이 들지도 않았다. 사랑에 경직된 일본의 천재 할아버지가 시나리오에 깊게 관여해서 그런 건지, 너무 옛날 감성 로맨스라 그런 건지 어찌 됐든 내 기준의 로맨스에는 한참 부족했다. 그래도 로맨스 배고 다른 건 대부분 잘하니까 딱히 불만은 없다. 다만 계속 이야기하지만, 영화를 홍보할 때 로맨스를 내세워 홍보하는 일만은 하지 않았으면 좋겠다는 소소한 바람이 있다. 영화를 보고 난 뒤에 영화 홍보문구를 다시 읽으면서 코웃음 치는 일은 없어야 하지 않은가.

하숙집의 음식들과 우미의 점심 도시락

영화 한 편에 나오는 음식을 2개까지는 만들어봤는데 3개나 만들어본 건 〈코쿠리코 언덕에서〉가 처음이었다. 그만큼 이 영화에는 친숙한 음식들이 많이 나온다. 한국인이 숨 쉬듯 먹는 된장찌개나 김치 같은 음식이 이 영화에도 자주 등장하기 때문이다. 서양 음식의 영향을 많이 받았기 때문에 국민 음식으로 정착한 햄에그와 크로켓, '일본 생선튀김' 하면 가장 먼저 떠오르는 아지후라이(전갱이 튀김), 그리고 우미의 도시락에 담겨 있던 계란말이나 명란젓 등은 우리에게도 익숙한 음식이다. 1년만 지나도 잊히고 사라지는 것이 많은 시대를 살고 있지만 좀처럼 잘 바뀌지 않는 것이 음식 문화인 것 같다. 음식은 어쩌면 우리가 생각하는 것 이상의 힘을 가지고 있는 게 아닐까?

우미의 점심 도시락엔 총 다섯 가지 반찬, 우메보시(梅干し), 명란젓, 계란말이, 시금치 무침, 멸치 조림이 들어 있다. 이 중 반찬 레시피 두 개를 공유해보려고 한다.

시금치 미소 무침 만들기

재료: 시금치 한 줌, 미소 1숟가락, 맛간장 1숟가락, 설탕 2숟가락, 볶은 참깨 듬뿍

※ 맛간장은 카에시(쯔유)[33]를 사용하면 좋다.

① 시금치 부리에 칼집을 넣고 부리가 아래로 향하도록 물에 15분간 담가 둔 뒤 세척한다.

② 데친 시금치를 찬물에 헹구고 물기를 꽉 짠 뒤 반으로 자른다.

③ 미소, 맛간장, 설탕을 섞는다.

④ 데친 시금치에 미소 소스를 넣어 무치고 참깨를 듬뿍 부려 한 번 더 버무린다.

간장멸치조림 만들기

재료: 잔멸치 두 줌, 간장 4숟가락, 물 7숟가락, 설탕 4숟가락, 다진 마늘 0.5숟가락, 식용유 약간, 미림 2숟가락, 볶은 참깨 적당히

① 멸치 2줌을 프라이팬에 약불로 볶는다.

② 어느 정도 볶아지면 멸치 가루를 제거하고 멸치는 따로 담아둔다.

③ 프라이팬에 간장, 물, 설탕, 다진 마늘, 식용유를 넣고 중불로 졸인다.

④ 간장이 끓어오르면 볶아둔 멸치와 미림 2숟가락을 넣고 중약불로 볶으며 졸인다.

⑤ 다 졸여지면 깨를 부려 섞는다.

33　카에시(返し)는 간장·설탕·미린(みりん, 일본식 맛술)을 섞어 만든 일본 전통 양념장으로, 소바·우동 국물이나 덮밥 양념 기본 베이스로 쓰인다. 숙성시킬수록 맛이 깊어진다.

아침 식사

일본 애니메이션 등장인물들이 아침밥으로 정말 흔하게 먹는 햄에그(ハムエッグ), 낫토(納豆), 미소시루(味噌). 이 조합은 무슨 맛인지도 알고 별로 특별한 맛이 아닌 것도 아는데 꼭 따라 해보고 싶어진다. 나도 이 조합으로 영상을 만든 적이 있다. 사진이나 영상에 제법 예쁘게 담기는 것을 포함해 내가 지금 엄청나게 특별한 음식을 먹고 있다는 느낌마저 들어서 깜짝 놀랐던 기억이 난다. 음식은 색의 조합과 담음새가 맛 이상으로 중요하다고 생각하면서도, 맛이 평범해도 눈이 만족한다면 이러한 착각에 빠질 수 있다는 사실이 조금 두렵기도 했다. 왜 두려웠는지에 대해선 조금 더 깊이 생각해봐야 할 것 같지만 **보이는 것이 전부가 아니고 보이지 않는 것이 진실에 가까울 때가 많다고 생각하는 나로서는** 꽤 복잡한 감정이 드는 경험이었다.

우미의 아침 식사 만들기

재료: 달걀, 원형 슬라이스 햄, 양상추(초록 잎 부분), 인스턴트 미소국, 두부, 낫토, 흰쌀밥

① 양상추는 채 썰고, 햄은 앞뒤로 살짝 굽고, 달걀은 반숙으로 프라이한다.

② 그릇에 인스턴트 미소국을 담고, 두부를 작

게 썰어 넣은 후 뜨거운 물을 붓는다.

③ 낫토를 그릇에 담고, 기호에 따라 간장이나 겨자를 추가해 휘젓는다.

④ 준비한 재료들과 흰쌀밥을 그릇에 예쁘게 담아 완성한다.

※ TIP

달걀 프라이를 예쁘게 만들고 싶다면 달궈진 팬에 오일을 소량만 두르고, 약불에서 천천히 익히는 것이 포인트! 달걀흰자가 반쯤 익으면 불을 끄고 뚜껑을 덮은 뒤, 남은 열로 나머지 흰자를 익힌다.

국민 반찬 아지 후라이

생선 종류는 엄청나게 많지만 '일본 생선튀김' 하면 바로 떠오르는 이미지는 역시나 아지 후라이(アジフライ)[34], 전갱이 튀김이 아닐까 싶다. 전갱이 머리 부분은 잘라내고 배를 갈라 내장을 제거하고 부채처럼 몸통을 펼친 뒤 튀김옷을 입혀 튀긴다. 이때 전갱이 꼬리는 반드시 사수해야 한다. 전갱이 튀김의 마스코트랄까? 꼬리 부분에 튀김옷을 입히지 않는 것도 전갱의 튀김의 특징이다. 한국에서 고등어를 많이 먹듯 일본에서는 전갱이를 많이 먹는다고 하던데, 전갱이 회는 정말 그 맛이

---

34 전갱이에 빵가루를 묻혀 튀긴 일본식 생선 튀김 요리로, 가정식과 정식 메뉴에서 흔히 볼 수 있다.

일품이라고.

애니 음식 덕후로 살다 보면 내가 아직 먹어보지 못한 음식이 정말 많다는 걸 깨닫곤 한다. 먹어본 적 없지만 먹어보고 싶은 음식이 지천에 널려 있다. 그러니 나는 늙어서도 덕질을 멈출 수가 없을 것이다. 나이 들어서도 할 수 있는 덕질이 남아있을 거라는 사실은 정말 묘한 행복감을 준다.

아지 후라이 만들기

재료: 전갱이 4마리, 달걀 1개, 밀가루, 빵가루, 소금, 후추, 식용유

※ 전갱이 손질 과정(①, ②)이 꽤 번거로우므로 가능하면 손질된 전갱이를 구매하는 것을 추천한다.

① 전갱이 꼬리 옆줄을 따라서 붙어 있는 모비늘을 제거한 뒤, 가슴지느러미와 머리를 잘라낸다. 잘라낸 부분에 숟가락을 넣어 내장을 제거한 후, 내장이 붙어 있던 부분과 표면을 깨끗이 씻는다. 키친타월로 물기를 닦아준다.

② 전갱이를 반으로 가르고 (한쪽만), 등 쪽 뼈를 제거한다.

③ 달걀을 잘 풀어 물 2숟가락을 넣고 섞는다.

④ 손질된 전갱이에 소금과 후추를 뿌려 간한다.

⑤ 전갱이에 밀가루를 앞뒤로 고르게 묻힌 후, 가볍게 털어낸다. 이후 달걀물 → 빵가루 순서로 입혀준다.

⑥ 170도로 가열한 기름에 한 마리씩 넣어 튀긴다. 겉면이 노릇해질 때까지 약 2분간 튀긴다. 전갱이가 식용유 아래로 가라앉았다가 위로 떠오르고 거품이 줄어들면 꺼낸다.

그래도 가장 설레었던, 고로케

서두에 말했듯 〈코쿠리코 언덕에서〉에 로맨스는 있지만 그 '로맨스'라는 것이 마구 설레는 것은 아니다. 하지만 그중에서 가장 로맨틱한 장면을 뽑으라면 나는 우미와 슌이 함께 자전거를 타고 시

장으로 내려와 고로케(コロッケ)³⁵를 나눠 먹는 장면이라고 말할 것이다. 사실 영화에서 슌과 우미는 고로케를 먹고는 각자 제 갈 길을 간다. (이쯤이면 로맨스 파괴물 아닌가…) 하지만 우미는 이때 이미 슌에게 사랑의 감정을 조금씩 느끼는 상태였고, 그런 그가 자전거도 태워주고 고로케도 나눠줬으니 몽글몽글한 감정이 들었을 것이다. 그렇게 고로케를 먹으면서 혼자 집으로 돌아가는 길, 우미의 표정을 보고 있으니 내가 아무리 이 영화가 로맨스물이 아니라고 부정해도 우미의 마음까지 사랑이 아니라고는 말할 수 없다. 고로케가 맛있어서 그런 거라고 혼자 되뇐들 무엇하겠는가. 그럼에도 나는 이 장면에서 사랑보다 식욕을 더 느꼈다고 말하고 싶다. 맛있겠다. 막 튀긴 고로케. 서양의 **그것**(크로켓)과는 또 다른 매력의 일본 고로케!

고로케 만들기

재료(8~10개 분량): 감자 4개, 양파 1/2개, 달걀 4개, 베이컨(또는 햄) 5줄, 밀가루, 빵가루, 식용유, 소금, 후추, 냉장고 속 넣고 싶은 재료

---

35 프랑스 크로켓에서 유래한 일본식 감자 튀김 요리로, 가정식과 분식으로 널리 먹는 대표적인 요쇼쿠(일본에서 서양식 요리를 일본식으로 재해석한 음식)이다.

① 감자는 사 등분해 약 15분간 삶고, 뜨거울 때 으깬다.

② 양파, 베이컨, 삶은 달걀(2개)을 잘게 다진다.

③ 달군 팬에 베이컨과 양파를 차례로 넣고 볶는다. 양파가 투명해질 때까지만 볶아준다.

④ 으깬 감자에 볶은 양파와 베이컨, 다진 달걀을 넣고 소금, 후추, 마요네즈를 넣어 잘 섞는다.

⑤ ④를 뭉쳐 원하는 모양으로 만든다.

⑥ 밀가루 → 달걀물 → 빵가루 순으로 튀김옷을 입힌다.

⑦ 약 180도의 기름에서 튀긴다. 튀김옷을 제외한 모든 재료는 이미 익었으므로, 겉이 노릇해지면 바로 건져낸다.

20
밥상 위엔 고등어, 하늘 위엔 비행기
바람이 분다(2013)

상처를 들여다보고 다듬어낸 자리에는
치유와 사랑이 차오를 거예요

원제: 風立ちぬ, The Wind Rises
감독: 미야자키 하야오
일본 개봉일: 2013. 7. 20.
국내 개봉일: 2013. 9. 5.
상영시간: 126분
원작·각본: 오호리 타쓰오(원작), 미야자키 하야오(각본)
배경: 1920년대 초반부터 제2차 세계대전 종전 무렵인 1940년대까지의
일본. 음식은 주인공에게 영감을 주기도 하고 일상적 음식은 평범한
삶을 대변하는 요소가 되기도 한다.
주요 등장인물: 호리코시 지로(항공기 설계자), 사토미 나호코(지로의
연인), 카프로니 백작(이탈리아 비행기 설계자), 혼조 기로(지로의
파트너 비행기 설계자)

미야자키 하야오는 인터뷰를 통해 이 영화가 어린이를 위해서 만들어졌던 지브리의 다른 작품들과는 달리 오로지 성인만을 위해 만들어진 영화라고 밝혔다. 영화를 보는 시각에 따라 전쟁을 미화한 게 아니냐는 오해를 받기도 하는데, 그 이유는 아마도 지로센의 개발자인 호리코시 지로가 영화의 주인공이기 때문인 듯 보인다. 한국은 전쟁에 대한 아픔이 있는 나라이기 때문에 전쟁 당시를 떠올리게 하는 (일본) 작품이 일종의 트리거가 될 수 있다. 그러나 이 영화는 그냥 설렁설렁 봐도 전쟁을 미화한 영화가 아니라는 걸 누구나 알 수 있기 때문에 일단 영화를 본 사람들은 오해하지 않을 거라 생각한다. 영화 곳곳에 드러나 있는 반전 메시지나 주인공과 그의 동료들이 일본은 무모한 전쟁으로 인해 파멸할 거라고 대놓고 이야기하는 내용들로 미루어보아도 전쟁을 미화한 것 같은 부분은 찾아보기 힘들다.

〈바람이 분다〉는 호리 다쓰오의 소설『바람이 분다』[36]의 내용에 호리코시 지로(堀越二郎, 1903~1982)[37]의 삶을 더해 만든 작품이다. 약혼녀가 폐결핵에 걸려서 죽게 되는 이야기는 소설을 쓴 작가의 자전적 이야기이고, 비행기에 열정을 쏟는 모습에는 호리코시 지로의 이야기를 담았다. 좀 뜬금없는 소리지만 소설가 중엔 험난한 인생을 살아온 인물이 꽤 많은 것 같다. 겪어보지 않고 술술 써내는 게 가장 좋겠지만 아무래도 인간은 경험을 바탕으로 살아가기 때문에 소설가 중 많은 이가 비극적인 삶을 살아왔다는 건 우연이 아닐지도 모르겠다.

사실 그게 누구든 모든 인간의 인생은 희극보단 비극에 가깝다. 하지만 그 자체가 '진짜' 비극이라고는 생각하지 않는다. 진짜 비극은 오히려 비극을 있는 그대로 받아들이지 못함에서 시작되

---

36 〈바람이 분다(風立ちぬ)〉(1937~1938)는 호리 다쓰오가 《문학계》에 연재한 중편 소설이다. 결핵을 앓는 연인과의 시간을 그린 작품이다.

37 일본의 항공기 설계자로, 제2차 세계대전 당시 해군 전투기였던 제로센의 주 설계자이다.

니 말이다. 그래서 자기 경험을 글로 써낸다는 건 정말 멋진 일인 것 같다. 자신의 고통을 글로 쓰는 일은 그 고통을 제대로 마주하는 과정이자 세밀하게 관찰하는 일이다. 상처를 반복해서 바라보는 것은 정말 괴롭고 힘든 일이지만, 계속해서 들여다보고 정리하여 다듬어내는 일은 글쓴이에게 반드시 치유와 회복을 가져다준다고 믿고 있다. 그리고 그들은 결국 자신이 걸어온 모든 삶을 사랑하게 될 것이다. 내가 마주한 좋은 일들뿐 아니라 떠올리기 괴로운 일들까지도 모두 안아버리는 사람들의 인생은 참으로 사랑스럽다.

순애보가 뭔가요

순애보의 사전적 의미는 '사랑을 위해 모든 것을 바치는 유형의 이야기'이다. 이 영화도 주인공의 순애보를 비중 있게 다루었다. 2000년대 이전의 영화나 드라마에서 순애보는 흔하게 볼 수 있는 장르 중 하나였다. 개인적으로 나는 그런 부류의 작품들을 좋아하는 편이 아니다. (아니, 싫어한다.) 솔직히 순애보를 직접 목격한 적도 없고 거의 존재하지 않는 이야기처럼 느껴지다 보니 판타지로 구분되어야 하는 게 아닌가 싶기도 했다. 게다가 실존하지 않는 이야기를 보여주면서 이런 게 '진짜' 사랑이라고 주입하려는 것처럼 느껴져서 불편하기도 했다. 그런데 정말 신기하게도 순애보를 다룬 영화나 드라마는 정말 봐주지 못할 정도의 졸작이 아니라면 보통은 흥행했다. 그간 나는 순애보에 열광하는 사람들이 좀처럼 이해되지 않았는데, 지금 와 생각해보니 평생 그런 사랑을 주고받을 확률이 희박해서 다들 대리만족 수준으로 열광했던 게 아니었나 싶기도 하다. 절절하고 아름다운 사랑을 나도 한 번쯤 해보고 싶다는, 뭐 이런 마음 어디쯤이지 않았을까?

그렇다면 2025년인 지금은 어떨까? 요즘 제작된 영화나 드라마 등을 정리해보니 순애보가 주제인 창작물은 거의 찾아볼 수 없었다. 나는 그런 '사랑의 판타지물'을 원래도 좋아하지 않았으니 제작되지 않아도 아무 상관 없지만, 다시 생각해보면 조금 슬픈 일이긴 하다. 이제는 순애보를 꿈꾸지도 않는 시대가 되었다는 뜻이니까 말이다. 요즘에는 많은 사람이 서로에게 헌신하고 희생하는 건 바보 같은 짓이라고 생각한다. 연애하면서 절대로 손해 보면 안 되고, 만만하게 보였다간 연인 관계에서도 을이 되기 일쑤니, 적정선을 지켜서 사랑해야 한다고들 한다. 나는 그들을 비판할 생각은 없다. 다만 위에서 말했듯 그저 좀 슬플 뿐이다. 타인을 마음껏 사랑할 수도 없고 나 자신조차 온전히 돌볼 수도 없을 만큼 힘든 세상이 도래

했다는 뜻일 테니.

혼자의 삶도 겨우겨우 버티는 사람들에게 순애보를 이야기하면 "순애보가 뭐예요?"라는 대답이 돌아올 것이다. 그래서 나는 지금이야말로 이 영화를 꺼내보면 좋겠다고 생각했다. 사랑하기 때문에 행복뿐 아니라 고통까지도 함께 견딜 수 있고, 이러한 헌신에는 반드시 기쁨도 따라온다는 사실을 영화를 보는 이들이 알게 되면 좋겠다. 비극 속엔 비悲만 있는 것이 아니라 희喜도 있고, 어려움을 잘 겪어내면 기쁨에도 도달할 수 있다는 걸 나도, 이 글을 읽는 당신도 알게 되길 간절히 바란다.

꿈이 뭔가요

주인공 지로는 비행기에 대한 애정이 아주 대단한 사람이다. 비록 눈이 나빠서 비행기 조종사가 되지는 못했지만 비행기 설계사를 꿈꾸었다. 어린 지로의 꿈에 카프로니 백작[38]이 나왔을 때부터였을까? 비행기는 전쟁의 도구나 장사의 수단이 아니라 아름다운 꿈이며, 설계사는 꿈을 형태로 만

---

38 지로의 꿈속 멘토인 카프로니 백작은 실존 인물인 조반니 카프로니(Giovanni Caproni, 1886~1957)를 모델로 했다. 조반니 카프로니는 이탈리아 항공 엔지니어, 항공기 설계자로 다양한 항공기를 설계하고 제작했다. 세계 대전 당시 폭격기 개발에 기여한 사람이다.

드는 사람이라는 카프로니 백작의 말은 지로를 꿈꾸게 했다.

지로는 유년 시절을 지나 전투기를 개발하기까지 비행기 설계사로서의 꿈을 이어간다. 모든 게 달라졌어도 꿈만은 변하지 않고 더욱 견고해졌다. 영화는 그가 얼마나 비행기를 좋아하는 사람인지 보는 이에게 친절하게 설명해준다. 지진으로 대피하는 상황에서도 하늘에 날리는 재를 비행기로 착각하는 장면, 학교가 불타버린 상황에서도 연구를 멈추지 않는 장면, 심지어 고등어 가시를 보고도 비행기의 날개 단면에 대해 말하는 장면 등 여러 장면에서 지로의 비행기 사랑이 표현된다. 장면마다 묘사되는 지로의 표정과 눈빛은 그가 얼마나 자신의 꿈을 소중히 여기는지 말해준다.

가시의 곡선이 아름다운 '고등어 미소 조림'

한국에 간장과 고춧가루를 넣은 칼칼한 고등어조림이 있다면, 일본엔 사바노미소니(サバの味噌煮)라는 고등어 미소 조림이 있다. 사바노미소니는 일본 드라마나 애니메이션에서도 흔히 볼 수 있는 음식으로, 일본인들이 즐겨 먹는 가정식 중 하나이다. 위에서 잠깐 언급했듯 사바노미소니는 지로에게 영감을 주는 음식으로 나온다. 고등어 가

시처럼 일상적인 것도 그냥 지나치지 못하고 결국 비행기와 엮어버리고 마는 지로에게는 일상의 모든 것이 꿈을 위해 움직이는 연료였다.

사바노미소니 만들기

재료: 고등어, 물 1.5컵, 청주 2/3컵, 미림 1/4컵, 간장 1/5컵, 미소(일본식 된장) 2숟가락, 설탕 2숟가락

① 냄비에 고등어를 겹치지 않게 넣고, 물, 청주, 미림, 간장, 설탕을 넣어 끓인다.

② 국물이 한번 끓어오르면 중불로 줄여 약 6분간 더 끓인다.

③ 미소를 국물에 넣어 잘 풀어준 뒤, 양념이 졸아들도록 약불에서 약 10분간 더 끓인다.

나도 꿈이 있어

나는 지로가 회사에 입사한 첫날, 조립공장에 가서 직접 부품을 확인하는 장면을 좋아한다. 이 장면에서 지로는 이미 제작된 부품이 자신이 설계한 그대로인 걸 확인하고 동료인 혼조[39]와 함께 즐거워한다. '너무'라는 단어는 이럴 때 써야 한다. 진짜 **너무너무** 재밌어한다. 특히 나는 이때 그

---

39 〈바람이 분다〉에서 지로의 동료 설계사로 등장하는 혼조(本庄)는 실제 인물 혼조 히데오(1901~1993)를 모델로 한 캐릭터이다.

들을 지켜보던 공장 책임자의 표정이 참 흥미로 웠다. 그는 자신의 쉬는 시간을 방해하고 빼앗은 그들을 보면서 묘하게 신나 했다. 그가 무슨 생각 을 하는지 영화는 직접 드러내지 않지만 어쩌면 그는 자신의 젊은 시절을 떠올렸을지도 모르겠 다. 비행기를 좋아해서 회사에 입사하여 비행기를 만들었던 자신의 인생과 꿈을 돌아봤을지도 모르 겠다. 그의 눈빛엔 작은 성취 하나에도 즐거워하 는 지로와 혼조를 응원하는 마음이 가득 담겨 있 었다. 이 장면에는 한 사람의 꿈이 어떻게 주변 사 람들에게 생명력을 불어넣는지 잘 표현되어 있 다. 중요한 것보다 바쁜 일을 처리하기에 바빴던 나조차도 영화를 보고 구석에 넣어놨던 꿈들을 기억해냈으니, 지로의 꿈은 스크린 밖까지 영향을 미친 게 분명하다.

첫째 아이 돌잔치 때 일이다. 돌잔치에는 대개 돈, 청진기, 마이크 등 직업에 관련된 물건을 가져 다 놓고 아이가 고르게 하는 순서가 있다. 나는 이 것을 아이가 어떻게 자랐으면 좋을지에 대한 어 른들의 기대가 담긴 이벤트 정도라고 여기고 있 었는데, 한 살짜리 아이에게 (부를 가져다준다고 여 기는) 직업을 고르도록 하는 게 좀 이상하다고 생 각했다. 그 직업이라는 게 전부 출세와 관련된 것 들이었고, 더 노골적으로는 돈 자체를 고를 수도 있었기 때문에 이 이벤트에는 돈이 최고라는 가치관이 꾹꾹 담겨 있었음을 부정할 수 없었다. 그래서 나는 다른 이벤트를 기획했다. 평소 아이가 지녔으면 좋겠다고 생각한 성품에 관련된 단어를 뽑을 수 있도록 준비했다. 그 안엔 사랑, 온유, 지혜, 지식 등 아름다운 단어가 들어 있었는데, 그 시간이 손님들에게 오락적 즐거움을 주지는 못했지만 적어도 나와 내 아이, 가족들에게만큼은 뜻깊은 시간으로 남아 있다.

돌잔치 순서 중에서 가장 중요한 이벤트가 (직업을 고르는) 돌잡이인 것만 봐도 한국인들이 생각하는 꿈은 직업과 관련이 있거나 직업 그 자체인지도 모르겠다. 꿈의 사전적 의미는 '실현하고 싶은 희망이나 이상'이다. 이 의미를 따르자면, 꿈을 좇아 살다가 그것과 관련된 어떤 직업을 갖는 건 꿈을 이루기 위한 과정이나 결과가 될 수도 있겠다. 하지만 꿈이 곧 직업이냐고 묻는다면 아니라고 대답해야 한다.

나는 아주 오랫동안 꿈이 없었다. 꿈에 대해 깊이 고민해본 적도 없었다. 심지어 직업에 관해서도 별생각이 없었다. 그냥 잘하는 거, 할 수 있는 걸로 생계를 유지하면 된다고 생각했다. 그랬던 내가 유년 시절과 청소년기, 청년기를 지나 40이 훌쩍 넘은 지금, 비로소 꿈꾸기 시작했다. 사실 내 꿈은 아주 작고 소박하다. 그리고 그런 작은 꿈을 여러 개 품고 있다. 내가 지로나 미야자키 하야오처럼 한길만 걸어가는 인생을 살아낼 것도 아니고, 그렇다고 세상을 크게 변화시킬 만한 원대한 야망이나 능력이 있는 사람도 아니기 때문에 나는 이루어질 확률이 높고 현실과 가까운 꿈만 꾼다. 그래도 내 꿈들은 현재의 나를 '잘' 살아가도록 이끌어주고 있다. 이렇게 작고 소박한 꿈도 삶에 큰 생명력을 불어넣을 수 있다니 그게 무엇이든 꿈꿀 수 있다는 건 매우 멋진 일이다.

만약 누가 내게 꿈이 뭐냐고 묻는다면 나는 내 꿈을 설명하는 대신 꿈이 내 삶에 주는 힘에 관해 이야기해주고 싶다. 내가 품은 꿈이 비록 지로의 꿈처럼 크고 대단한 꿈은 아니지만, 그 꿈이 나를 일 센티미터만이라도 자라게 해준다면 그 꿈은 매우 가치 있다. 그런 작은 꿈들이 모여 나를 일 미터까지 자라게 할지도 모르는 일이니 꿈이 가진 힘을 소개하지 않을 이유가 없지 않은가.

꿈이 위기를 만났을 때

부끄럽지만 내가 가진 꿈 중 하나를 소개해보자면, 인간관계를 '잘' 하는 사람이 되는 것이다. 나는 내 꿈 중에 이게 가장 성취하기 어렵다고 여기는데, 내가 행복해지기 위해 꼭 필요하기 때문에 반드시 이뤄내고 싶다고도 생각한다. 누구나 그렇듯 나도 꿈을 성취하는 과정에서 늘 위기를 만났다. 내 마음을 아프게 하는 가족과 마주할 때, 사춘기 아이들을 대할 때, 정말 받아들이기 힘든 유형의 사람을 만나게 되었을 때, 나조차도 싫은 내 모습을 발견할 때 등 정말 어려운 순간이 계속해서 찾아왔다. 그리고 그때마다 나는 생각했다. 포기할까…?

지로도 나처럼 꿈을 좇다가 위기를 맞이한 순간들이 있었다. 다만 그는 나처럼 포기하고 싶어하진 않았고, 꿈을 향해 가다 어려움을 만났을 때를 위기라고 생각하지 않았다. 그는 설계한 비행기에 결함이 있다는 걸 발견했을 때도, 잘 만들었다고 생각했던 비행기가 공중분해 되었을 때도 위기라고 생각하지 않았다. 오히려 실패들은 그가 꿈에 더 다가서게 하는 동력이었다. 그렇다면 지로는 언제 진짜 위기를 맞이했을까?

화과자 시베리아

어느 늦은 저녁, 퇴근길에 지로는 집 근처 상점에서 시베리아(シベリア)를 구매한다. 그때 지로는 상점 옆에서 부모님을 기다리는 아이들과 마주친다. 굶주렸을 아이들이 안쓰러워 자신의 화과자를 건네었지만, 아이들은 매섭게 그의 호의를 거절한

다. 아이들의 행동이 좀처럼 이해되지 않았던 지로는 친구 혼조에게 이 이야기를 들려주었다. 이야기를 들은 혼조는 이곳에 굶주린 아이들이 넘쳐나고 비행기 연결고리 하나를 만드는 비용은 한 가족의 한 달을 책임질 수 있는 돈과 같다며 지로의 행동이 위선적이라고 비판했다. 독일의 비행기 기술을 보기 위해 자신들의 회사가 독일 회사에 지불한 금액은 일본의 가난한 아이들을 배불리 먹게 할 수 있는 금액과 같지만 혼조 자신은 그럼에도 이 기회를 잡을 것이라고도 했다.

지로의 꿈은 언제 위기를 맞았을까? 아마도 나는 이 순간이 아니었을까 생각한다. 자신의 꿈이 누군가의 가난과 연결되었을 수 있음을 발견한 그 순간, 그러한 모순이 존재하고 있음을 깨달은 그 순간. 그때 영화는 처음으로 지로가 담배를 태우는 모습을 보여준다. 그때 흩날리는 지로의 담배 연기는 마치 지로의 한숨과도 같아 보였다.

시베리아 만들기

재료: 팥앙금 250g, 한천 가루 5g, 설탕 1.5숟가락, 올리고당 3숟가락, 옥수수 전분 10g, 물, 카스텔라

① 물 1컵에 한천 가루를 넣고 잘 풀어준 뒤, 10분 정도 불린다.
② 설탕을 넣고 중약불에서 가열한다.

③ 보글보글 끓어오르면 불에서 내리고, 팥앙
　금과 올리고당을 넣어 잘 섞는다.

④ 옥수수 전분과 물 40ml를 섞어 전분물을 만
　든다.

⑤ ③을 약불에서 가열하며 계속 저어준다.

⑥ 끓어오르기 시작하면 불을 끄고, 전분물을
　조금씩 넣어가며 잘 섞은 뒤 체에 한 번 걸
　러준다.

⑦ 원하는 모양의 용기에 부어 실온에서 30
　분, 냉장에서 2시간 이상 굳혀 양갱을 완성
　한다.

⑧ 준비한 카스텔라 크기에 맞게 양갱을 자른
　후, 카스텔라 사이에 끼워 넣는다.

일본 가정식 소고기두부조림

〈바람이 분다〉에는 주인공이 아닌 인물 중에서도 흥미로운 캐릭터가 많이 등장한다. 대표적으로는 인상이 팍팍하지만 지로에게 든든한 조력자가 되어주는 츤데레 주임 쿠로카와(黑川) 씨, 인상과 말투 등으로 세상 까칠함을 뽐내는 지로의 철친 혼조(本庄)가 있다. 소고기 두부조림, 니쿠도후(肉豆腐)는 항상 고등어조림만 먹는 지로에게 혼조가 타박하는 장면에서 나오는 음식이다. 혼조는 평소 사회문제에도 관심이 많고 시대에 뒤떨어진 것에 대한 불만을 표출하는 캐릭터이기 때문에 음식 취향을 고수하는 지로에게 그것도 매너리즘이라고 일침을 가한다. 비행기를 옮길 때 소를 이용하는 장면을 보니 혼조가 무슨 말을 하고 싶은 건지 알 것 같았다. 좀 까다로워 보이긴 해도 지로와 꽤 괜찮은 우정을 나눴던 친구임은 분명하다.

니쿠도후 만들기

재료: 구운 두부 1모, 소고기(불고기용) 150g, 대파 1/2개, (작은) 양파 1개, 물 1.5컵, 간장 5스푼, 청주 1.5숟가락, 설탕 3숟가락, 미림 1.5숟가락, 식용유 약간

① 대파는 1cm 폭으로 어슷하게 썰고, 양파는 얇게 채 썰며, 구운 두부는 8등분한다.

② 중불로 가열한 프라이팬에 식용유를 두르고, 양파와 고기를 넣어 볶는다. 이때 설탕을 고기 위에 뿌리면서 볶는다.

③ 설탕이 녹으면 간장, 청주, 미림을 넣고 1분간 볶은 뒤, 구운 두부와 대파를 한쪽에 가지런히 넣는다.

④ 물을 부어 끓이다가, 끓어오르면 뚜껑을 덮고 3분 정도 더 졸인다.

⑤ 뚜껑을 열고 고기, 대파, 두부에 양념이 잘 배도록 뒤집는다.

⑥ 다시 뚜껑을 덮고 2~3분간 더 졸인 뒤, 불을 끄고 국물과 함께 그릇에 예쁘게 담아낸다.

21
나무처럼 견디며 자연의 먹거리로 채우는 마음

가구야 공주 이야기(2013)

자연이 주는 음식에는
단맛, 신맛, 짠맛, 쓴맛, 감칠맛
이 모든 게 들어 있다는 사실을 기억해

원제: かぐや姫の物語, The Tale of the Princess Kaguya

감독: 타카하타 이사오

일본 개봉일: 2013. 11. 23.

국내 개봉일: 2014. 6. 4.

상영시간: 137분

원작·각본: 일본 고전 설화(원작:『다케토리 모노가타리』), 타카하타 이사오·사카구치 리코(각본)

배경: 일본 헤이안 시대(794~1185년), 수도의 화려함과 농촌의 소박함을 대비한 생활상, 자연을 통해 가구야가 그리워하는 삶의 본질을 드러낸다.

주요 등장인물: 가구야 히메(달에서 온 존재), 사누키노 미야츠코(대나무꾼, 가구야를 발견한 노인), 할머니(미야츠코의 아내), 스테마루(산골 마을 소년)

"옛날 옛적에…"로 시작하는 전래동화를 한 번쯤은 읽어보았을 것이다. 전래동화는 입에서 입으로 전해 내려온 이야기로, 시대상과 풍속 등 문화를 반영한다. 공상이나 교양적인 요소가 이야기의 주축을 이룬다는 특징도 있다. 〈가구야 공주 이야기〉도 한국 전래동화와 비슷하며, 일본에서는 이런 이야기를 '모노가타리(物語)'라고 한다.[40] 〈가구야 공주 이야기〉는 일본에서 가장 오래된 모노가타리인 '타케토리모노가타리(竹取物語, 대나무꾼 이야기)' 또는 '카구야 공주(かぐや姬)'라는 이야기를

---

40 원래 '입에서 입으로 전해지는 이야기'를 뜻했으나, 헤이안 시대 이후에는 산문 서사 장르를 지칭하는 문학 용어로 발전하여 〈겐지 모노가타리〉 등 고전문학의 대표 장르가 되었다.

각색해서 만든 영화다. (참고로 〈세일러 문〉도 카구야 공주 모노가타리를 각색한 이야기라고 한다.) 감독은 타카하타 이사오. 그가 만든 애니메이션이 지브리의 다른 애니메이션과는 스타일이 다르다는 점은 충분히 이야기했다. 그래서 이번에는 감독의 고집에 관해서만 이야기해보겠다. 애니메이션에 관해 잘 모르는 사람도 이 작품을 보면 품이 어마어마하게 들어갔다는 걸 알 수 있다. 이는 감독 스타일에 맞춰 작품을 만들어내기 위해 스태프들이 **개고생**했다는 뜻이다. (가구야 공주의 머리카락을 자세히 보면 무슨 말인지 바로 이해할 수 있다.) 이렇게 모두를 쥐어짜 만든 이 작품은 역대 지브리 작품 중 두 번째로 많은 제작비가 들었다.[41] 지브리는 이 영화로 인해 재정적으로 큰 손해를 보았고, 제작팀도 해산하기에 이른다.

　타카하타 이사오는 내가 절대 동료로 만나고 싶지 않은 인물 중 하나였는데, 나의 이러한 생각은 2024년에 열렸던 '타카하타 이사오 전展'[42]에서 바뀌었다. 전시회엔 그의 옛 작품들부터 지브

41　2025년 현재, 역대 최고 제작비 타이틀은 〈그대들은 어떻게 살 것인가〉가 차지하고 있다.

42　스튜디오 지브리 공동 창립자이자 〈반딧불이의 묘〉〈추억은 방울방울〉〈가구야 공주 이야기〉 등을 연출한 감독 타카하타 이사오(1935~2018)의 작품 세계를 조명한 회고전으로, 2019년 도쿄 국립 근대미술관에서 시작되어 한국에서도 같은 내용으로 전시되었다.

리 작품에 이르기까지 그의 업적과 삶이 담겨 있었다. 그는 애니메이션을 통해 자신의 신념과 삶을 이야기하던 사람이었다. 작업 현장에서 맡은 업무에 따라 사람 사이에 생기는 서열을 문제 상황으로 보고, 모두 평등하게 작업할 수 있는 시스템을 만들고자 애써온 사람이기도 하다. 그가 남긴 작품들 못지않게, 그의 삶 또한 훌륭했다. 전시회를 보고 있자니 그의 까칠함으로 느껴졌던 고집들이 이해되기 시작했고, 소신을 지켜온 그가 대단해 보였다. 타카하타 이사오는 대단한 사람. 아니, 대단함이라는 말로는 다 표현이 안 되는 사람이었다. 그리고 〈가구야 공주 이야기〉는 그의 마지막 유작이다.

'내'가 생각하는, '네'가 생각하는

평생 아이가 없던 할아버지와 할머니에게 갑자기 아이가 생겼다. 대나무 순에서 발견한 작은 사람이 할머니의 품에 안기자, 갓난아기가 되어버렸다. 부부는 무척이나 행복했다. 우리에게 아이라니! 부부는 하늘에서 내려준 듯한 그 아이를 공주[43]라고 부르며 귀하고 소중하게 키웠다. 이 아이

---

43 영화에서는 히메라고 부르는데, 한국어로 공주라고 번역되었다. 히메는 귀인의 딸이나 고귀한 신분을 가진 아가씨 등을 부를 때 쓰는 말로, 왕족 혈통의 공주와는 뜻이 조금 다르다.

는 유달리 성장이 빨랐다. 마치 대나무 순처럼 쑥쑥 자라났다. 기는가 싶더니 바로 걷고, 걷는가 싶더니 바로 뛰어버리는 식이었다. 공주는 자라면서 부부에게 큰 기쁨을 주었다. 부부가 아이를 얼마나 기뻐하고 사랑했는지가 영화를 보는 내내 온 스크린을 가득 채우고도 남을 정도였다. 공주가 처음 걸음마를 시작했을 때, 걷는 게 익숙지 않아 넘어질 듯 말 듯 걸어 다니는 공주에게 그녀의 아버지가 "공주, 이리 온!"을 반복해 외친다. 아이는 응원에 맞춰 아버지를 향해 아장아장 걸어가고, 공주를 바라보며 기쁨과 감격에 차오른 아버지의 눈가엔 눈물이 맺힌다. 마침내 공주가 아버지 품에 안겼을 때, 영화를 보던 나도 함께 울어버렸다. 어찌나 가슴이 벅차오르던지, 뭐라고 표현해야 그 감정을 제대로 전달할 수 있을지 모를 정도였다. 이 장면은 자연스레 나의 아이들이 처음 걸음마를 시작했을 때를 떠올리게 했다. 아주 오래전 일인데도 모든 상황과 당시의 감정이 생생하게 기억난다. 그때 나도 공주의 아버지처럼 아이를 향해 손뼉 치며 "이리 와!"를 외쳤다. 나를 바라보며 주춤주춤 걸어와 내 품으로 뛰어들며 까르르 웃던 아이의 웃음소리와 얼굴, 표정, 몸짓이 모두 내 마음에 새겨져 있다. 그들도 나도, 이렇게 자신의 아이를 사랑했다.

그러던 어느 날, 부부에겐 또 다른 신비한 일이 생긴다. 대나무에서 금과 귀한 옷감이 나왔다. 아버지는 공주를 귀하게 키우라는 하늘의 뜻으로 여겨 수도로 이사하기로 결정한다. 산골에서 가난한 나무꾼으로 살아서였을까? 그는 부유한 삶이 공주에게 행복을 가져다줄 거라고 믿는 눈치였다. 하지만 자연에서 태어나 그곳을 사랑했던 공주였기에, 수도에서의 호화로운 삶은 그녀를 만족시키지 못했다. 게다가 '고귀한 아가씨'로 살기 위한 훈련들은 공주가 이해할 수도, 이해하고 싶지도 않은 것들이었다. 공주의 행복을 위해 마련된 모든 것이 공주를 억압했다. 공주는 점점 생기를 잃어갔고, 산골에서의 삶을 그리워한다. 아버지는 세상 누구보다 공주의 행복을 바랐고, 그녀의 행복을 위해 최선을 다했지만 공주는 불행해졌다. 도대체 어디서부터 잘못된 걸까?

내게는 여동생 두 명이 있다. 그중 둘째 동생은 나와 기질과 성향이 상극이다. 태어나서 수많은 사람을 봐왔지만 이렇게 안 맞는 사람은 본 적이 없다. 이건 자아가 형성되기 이전, 아주 어린 시절 때부터 극명하게 드러났다. 나는 동생의 모든 것이 이해되지 않았고, 아마 동생도 마찬가지였을 것이다. 사춘기 시절 우리 집에 있는 방문 문고리는 모두 고장나 있었다. 둘이 다투던 어느 날은 내가 방 안으로 숨어들어 동생이 문을 못 열게 막았고, 다른 날은 동생이 방으로 숨어들어 내가 문을 못 열게 막는 식이었으니 문고리가 멀쩡할 리 없었다. 당시 우리에게 충돌과 갈등은 숨 쉬듯 자연스러웠다. 지금 생각하면 웃겨서 배를 잡지만 그땐 우리 둘 다 생존이 걸린 것처럼 목숨 걸고 으르렁거렸다.

우리는 행복을 느끼는 지점도 매우 달랐다. 나는 집에 혼자 있을 때, 동생은 외출해서 누군가와 어울릴 때 행복을 느꼈다. 이렇게 다르다 보니 좀 피곤한 일도 종종 생겼다. 나는 계획하지 않은 외출을 싫어한다. 하지만 동생은 날씨가 좋거나 기분이 좋다는 이유로 갑자기 나를 불러내곤 했고, 그럴 때마다 나는 짜증이 솟구쳐 올랐다. 동생도 나와 마찬가지였을 것이다. 억지로 끌려 나와 비협조적으로 행동하는 나를 보면서 많이 서운했을 수도 있겠다. 어린 시절 이렇게 서로 이해되지 않아 몸부림치던 우리는 서른 살이 넘어서야 비로소 각자가 '다른' 인간이라는 걸 깨달았다. 자신이 어떤 사람인지에 관해 대화했던 게 계기가 되었는데, 상대가 어떤 사람이라는 걸 알게 되니 모든 것이 의외로 쉬운 거였다. 이것은 아주 간단하고 명료했다. 그냥 '너랑 나는 완전히 다른 사람'이라는 걸 받아들이면 되는 거다. 더는 상대의 말과 행동을 이해하기 위해 힘을 빼지 않아도 된다는 사실은 나를 무척이나 자유롭게 해주었다. 이제 우리는 그냥 서로를 받아들인다. 이 사실은 가족은 물론 가족이 아닌 사람에게도 모두 똑같이 적용된다. 가족이니까, 가까운 사이니까 당연히 나에 대해 잘 알 거라고, 이해할 거라는 생각은 너무 큰 착각이다. 우리는 정말 쉽게 착각한다. 말하지 않아도 그냥 다 알 수 있을 거라는(또는 알아야 한다는) 착각, 어쨌든 끊어지지 않을 (혈연 같은 끈끈한) 관계이니 딱히 큰 노력을 할 필요는 없다는 착각, 사랑하니까 어떤 행동을 해도 괜찮을 거라는 착각 말이다.

　가족이라 할지라도 모두 다르고 같은 상황을 겪어도 전부 다르게 느낀다. 행복도 마찬가지다. 공주의 아버지가 생각하는 행복과 공주가 생각하는 행복은 매우 달랐다. 아버지는 자신이 행복이라고 정의한 삶이 공주를 행복하게 해줄 거라고 믿었고, 공주는 그것이 자신과 어울리지 않음을 알면서도 아버지를 생각해서 그냥 참았다. 아버지와 공주가 취한 모든 행동의 근원은 사랑이었다. 결국 사랑해서 서로가 서로에게 상처를 입혔다. 공주의 아버지는 떠나가는 공주를 보며 부디 자신을 용서하라고 말한다. 그들은 결국 서로가 서로를 잃게 되는 그 순간, 모든 것을 깨닫는다.

살아있는 자들의 특권

이 땅의 삶이 괴로워 자신도 모르게 달을 보며 데리러 와달라고 요청한 공주는 곧 이 땅의 모든 것과 작별해야 함을 알고 슬퍼한다. 공주의 부모 또한 딸을 잃게 될까 두려워하며 할 수 있는 모든 방법을 동원해 딸을 지키려고 한다. 그러나 인간이 아닌 존재들을 막을 방법은 없었고 결국 그들은 공주를 데리러 온다. 이 존재들은 매우 경쾌한 곡을 연주하며 나타나는데, 나는 이들의 표정을 보고 공주가 달로 가면 공허한 삶을 살겠구나 하고 직감했다. 그들의 표정과 눈빛이 매우 공허해 보였기 때문이다. 영화에선 공주가 달로 떠난 이후의 이야기는 다루지 않는다. 무리의 대장으로 보이는 존재가 부처를 닮아서 그랬는지, 해탈하면 저런 상태가 되는 건가? 라는 생각도 들었다. 그리고 자연스럽게 내 마음엔 이런 질문이 떠올랐다. '괴로움을 느끼지 못하는 것이 괴로움을 느끼는 상태보다 더 나은 걸까?'

20대 초에 있었던 일이다. 그때 나는 참 요란스러운 짝사랑을 하고 있었다. 내가 짝사랑하고 있다는 걸 나의 부모도 주변의 친구들도 짝사랑 대상도 모두 알고 있었으니, 이보다 더 요란스러울 순 없었다. 짝사랑을 해본 사람이라면 짝사랑이 얼마나 괴로운 일인지 잘 알 것이다. 나는 살아오면서 힘든 일을 제법 겪은 사람이었기 때문에 살아남기 위해 감정을 통제하거나 회피하여 괴로움에서 벗어나는 방법을 잘 알고 있었다. 그런데 그 당시엔 이상하리만큼 속수무책이었다. 그때 느꼈던 감정을 잘 표현해보기 위해 여러 가지 단어를 떠올려봤지만 딱 들어맞는 단어를 찾지 못하겠다. 그냥 끝도 없이 사무치고 미칠 것 같은 슬픔? 대충 이런 감정이었던 것 같다. 당시 나는 지옥 같은 감정에서 벗어나기 위해 정신없이 사는 걸 선택했다. 가능하면 집에 혼자 있지 않으려고 했고 할 일이 쌓여 있는데도 또 다른 일을 만들어내며 끊임없이 무언가를 하면서 지냈다. 지금 생각해보면 그저 웃음만 나는 추억거리지만 그땐 정말 모든 걸 잊기 위해 살았다. 하지만 그렇게 하루를 보내고 집으로 돌아와 잠자리에 눕기만 하면 모든 게 거짓말처럼 원점으로 돌아가 있었다. 하루의 수고가 무색하게 밤이면 밤마다 주체할 수 없이 밀려드는 감정과 눈물이 나를 다시 저 밑바닥으로 끌고 갔다. 이렇게 여러 날을 보낸 나는 그때 처음으로 이런 내용으로 기도했다.

"로봇이 되어도 좋으니 감정 같은 거 느끼지 못하는 상태가 되었으면 좋겠어요."

공주도 괴로운 날들을 지내며 슬픔과 고통을 느낄 수 없는 달로 돌아가고 싶다고 생각했다. 내가 로봇이 되어 감정을 느끼고 싶지 않다고 생각했던 것처럼 말이다. 돌이켜보니 살면서 느꼈던 모든 감정은 내게 꼭 필요한 것들이었다는 생각이 든다. 예측할 수도, 대비할 수도 없는 시시각각 변하는 감정들로 인해 가끔은 '내가 수렁에 빠진 게 아닐까?'라는 두려움에 사로잡히기도 했지만 내가 느끼는 모든 감정은 결국 나를 성장하게 했다. 공주는 달로 돌아가기 직전, 기쁨이나 슬픔도 살아 있기 때문에 느낄 수 있는 것임을 깨닫는다. 존재하는 모든 것엔 그 생명력으로 인해 생기가 넘쳐흐르고, 느낄 수 있는 모든 감정은 그것이 비록 부정적인 감정일지라도 아무것도 느끼지 못하는 상태보다 훨씬 아름답다는 사실을. 조금만 더 빨리 알아차렸더라면 생기 넘치는 땅에서 온갖 감정을 누리는 축복을 받게 되었을 텐데. 너무나 아쉬울 뿐이다.

자연이 주는 먹거리들

〈가구야 공주 이야기〉에 조리한 음식은 나오지 않지만, 자연이 주는 먹거리들이 나온다. 아이들은 산골 여기저기서 뛰놀다가 배가 고프면 머루를 따 먹고, 다른 사람의 밭에서 자라는 농작물을 몰래 서리해 먹는다. 서리는 엄연한 범법 행위지만 어린 시절 추억거리 정도로 여겨지던 때도 있

었다. 아무튼 공주와 스테마루가 훔쳐먹었던 과일은 한국에서는 나지 않는 과일이라 생소하겠지만, (다행히 나는 그 과일이 뭔지 안다!) 노란 빛의 동글동글한 그 과일은 엘리자베스라는 과일이다. 일본어로는 '엘리자베스 멜론(エリザベスメロン)'이다.

　나는 20대의 대부분을 중국에서 보냈기 때문에 엘리자베스를 먹을 기회가 많았다. (중국에서는 엘리자베스가 흔한 과일이다.) 크기는 멜론만 하고 껍질은 참외와 비슷하다. 맛과 식감은 멜론과 참외 그 어디쯤인데, 굳이 따지자면 참외에 더 가깝다. 찾아보니 일본에서 이 과일은 꽤 고급 과일이 속하는 것 같았다. 가격이 꽤 비싼 편이었는데, 특정 지역에서만 재배돼서 그런 듯했다. 어쨌거나 엘리자베스는 정말 달고 맛있는 과일이다. 나는 공주와 스테마루가 엘리자베스를 먹는 장면을 보고 무릎을 탁 쳤다. 고증에 뛰어난 감독이라 그런가 엘리자베스를 먹는 장면을 정말 기가 막히게 만들어냈기 때문이었다. 엘리자베스씨는 멜론씨와 비슷한 크기라 씨 있는 부분은 보통 긁어내어 버린다. 참외나 멜론을 떠올려보면 알겠지만 씨가 있는 부분이 가장 달고 맛있다. 감독 역시 그 사실을 정확하게 알고 있었다. 엘리자베스를 본격적으로 먹기 전, 중앙에 있는 과즙을 먼저 빨아 먹고 씨를 뱉는 스테마루를 보면서 살짝 소름이 돋았다. 기가 막힌 고증이었다.

나이가 들어가면서 좋은 게 있다면, 자연이 주는 것에 감탄하게 된다는 점이다. 자연은 우리에게 정말 많은 것을 준다. 그중에서도 나는 먹거리에 자주 감탄한다. 아이가 젖병을 뗄 무렵부터 돌이 되기 전까지는 이유식을 먹여야 한다. 이유식을 만들 땐 간을 하지 않는 것이 기본이다. 그게 대체 무슨 맛일까 싶고 아이가 무슨 맛으로 먹는 걸까 하고 생각하던 때가 있었다. 그러다 이유식을 만들면서 자연스레 알았다. 자연의 먹거리엔 짠맛, 단맛, 신맛, 쓴맛, 감칠맛이 다 들어 있다는 걸. 채소와 쌀을 푹 끓이면 은은하지만 모든 재료의 맛이 다 드러났다. 재료 특유의 맛이 어우러져 그렇게 맛있을 수가 없었다. 아이들은 태어나서 이유식을 먹는 시절을 통해 자연스럽게 자연의 맛을 알고 좋아하게 된다. 물론 후에는 자극적인 맛과 화학조미료의 맛에 길들지만, 시간이 지날수록 처음 좋아했던 맛을 자연스레 찾아가게 되니 정말 신기하고 놀라운 일이다. 어찌 됐든, 이런 생각을 하다 보면 이렇게 좋은 선물을 잔뜩 주는 자연을 잘 돌봐야겠다는 결론에 이른다. 채소와 과일을 먹지 못하게 되는 삶은 상상할 수도 없으니까 말이다.

말이 나온 김에 자연의 맛을 살린 간단한 음식

하나를 소개하고자 한다. 이 요리는 고구마와 시금치가 들어간 담백한 미소국으로, 〈귀멸의 칼날〉[44]에 등장하는 렌고쿠 쿄쥬로[45]가 좋아하는 음식이다. 은은한 단맛과 부드러움이 특징인데, 그 단순한 조화는 언제나 기분을 상쾌하게 만든다.

고구마 미소국 만들기

재료: 고구마 1개, 시금치 한 줌, 다시 2.5컵, 미소 1 숟가락(듬뿍)

① 깨끗이 씻은 고구마는 반달 모양으로 썬다.

② 시금치는 잎 위쪽 부분만 준비한다.

③ 냄비에 고구마와 다시 2.5컵을 넣고, 고구마가 익을 때까지 약불에서 끓인다.

④ 고구마가 익으면 미소 1숟가락을 듬뿍 넣고 2분간 끓이다가 시금치를 넣어 30초 정도 더 끓인 뒤 불을 끈다.

---

44 〈귀멸의 칼날(鬼滅の刃)〉은 고토게 코요하루(吾峠呼世晴, 1989~)의 만화(2016~2020 연재)를 원작으로 한 TV 애니메이션 시리즈디. 가족을 잃은 소년 카마도 탄지로가 '귀살대'에 들어가 오니와 싸우는 이야기를 그린다. 2019년 방영된 TV 애니메이션과 2020년 개봉한 극장판 〈무한열차편〉은 세계적으로 큰 인기를 얻었으며, 얻었다. 최종 결전을 그린 〈무한성편〉 3부작 중 1부가 2025년 개봉했다.

45 렌고쿠 쿄쥬로(煉獄 杏寿郎)는 〈귀멸의 칼날〉에 등장하는 인물로, 귀살대의 '주(柱)' 가운데 불을 다루는 염주(火柱)이다. 정의감이 강하고 밝은 성격으로, 특히 〈무한열차편〉에서 중요한 활약을 펼쳐 많은 사랑을 받았다.

22

여름의 부엌에서
소환! 히야시소멘

추억의 마니(2014)

비프 스튜라서 '내가' 가장 중요해 보이지만
"모두"가 없다면 역시 우리는 스튜가 될 수 없어.

원제: い出のマーニー, When Marnie Was There

감독: 요네바야시 히로마사

일본 개봉일: 2014. 7. 19.

국내 개봉일: 2015. 3. 19.

상영시간: 103분

원작·각본: 조앤 G. 로빈슨(Joan G. Robinson, 원작: When Marnie Was There), 요네바야시 히로마사·니와 케이코·안도 마사시(각본)

배경: 2010년 전후 일본 홋카이도. 해안 지방의 특색을 보여주는 각종 해산물과 지역 음식은 마음의 치유와 연결된다.

주요 등장인물: 사사키 안나(시골로 요양 온 소녀), 마니(신비한 소녀), 사야카(습지 저택으로 이사 온 소녀)

지브리 작품을 좀 봤다 하는 사람들도 〈추억의 마니〉는 모르는 경우가 꽤 있다. 지브리 전작 중 대단한 영화가 많았기 때문에 이 영화가 주목받지 못했던 건가 했었는데, 생각해보니 나도 이 영화를 2020년이 되어서야 봤다는 사실이 떠올랐다. 지브리 작품은 졸작까지도 다 챙겨보는 내가, 왜 개봉한 지 한참 지나고 나서 이 영화를 보았는지 좀처럼 이해되지 않았다. 추적해보니 2014년은 내가 육아 전쟁을 치르던 시기였다. 아, 그렇구나…. 그래서 이 작품이 개봉했다는 사실조차 몰랐구나. 아마 알았더라도 영화관에 가지 못했으려나? 내게 육아란 그런 거였다. 좋아하는 것, 하고 싶은 것과 거리를 둬야 하고 더 중요한 걸 위해 덜 중요한 걸 잠시 내려놓는 시기. (그래도 개봉 사실조차 몰랐다니 너무 충격적!) 2020년에 넷플릭스로 본 〈추억의 마니〉는 작화가 무척 마음에 들었고, 작화만큼이나 재미도 있었다. 무엇보다 와닿는 부분이 정말 많았다. 특히 풍경 묘사는 숨이 멎을 정도로 아름다웠다. 안개에 싸인 습지, 햇빛에 반짝이는 바다, 바람에 흔들리는 억새풀까지…. 마치 빛과 공기마저 화폭에 담아낸 듯한 배경은 지브리 특유의 따뜻하면서도 몽환적인 분위기를 완벽하게 구현해냈다. 그 아름다운 배경 속에서 안나와 마니의 이야기가 펼쳐지니 더욱 몰입감이 높았다.

영화의 리뷰나 평가를 보면 이건 이래서 별로, 저건 저래서 별로라는 의견들도 보이고 호불호가 나뉘었지만, 나는 〈추억의 마니〉를 좋아한다. 남들이 뭐라 하든 내가 좋아하면 장땡이라, 나를 아는 사람들은 내가 리뷰나 후기 같은 건 잘 찾아보지 않을 거라고 짐작한다. 사실 나는 그럴수록 더 샅샅이 찾아 요목조목 따져보는 이상한 취미(?)가 있다. 그래서 〈추억의 마니〉에 대한 부정적 리뷰를 만난 순간부터 더 집요하게 굴었다. 좋아하면 앞뒤 안 가리고 막 편들어주고 싶은 마음이라, 내가 좋아하는 영화를 누가 지적하면 그게 그렇게 꼴 보기 싫더라.

그래서 하고 싶은 말이 뭔가 하면, **"나는 이 영화를 아주 많이 좋아한다."**

안나

얼핏 보면 좀 예민하고 까다로워 보이는 안나의 성격에 모가 났다고 생각할 수 있겠지만, 우리 한 번 솔직하게 얘기해보자. 안나가 겪은 일들을 우리가 똑같이 겪는다면 어떨까? 안나보다 더 나은 성격을 지닐 수 있을까? 저마다 타고난 기질에 따라 같은 상황을 겪어도 출력값이 천차만별이긴 하겠지만 나는 안나보다 더 나은 인간으로 살아갈 자신이 없다. 안나는 스스로 생존하기 어려운 어린 시절, 부모와 생이별한 아이다. 아무도 자신을 떠안지 않으려는 분위기를 보고 듣고 느끼다가 가까스로 만난 할머니와도 다시 이별하게 되었다. 운이 좋아 만나게 된 양어머니는 자신을 지극정성으로 돌보는 진실한 사람이었지만, 안나는 그녀의 진정성을 끊임없이 의심하며 살아갈 수밖에 없을 정도로 자기 방어가 심한 아이였다. 간혹 타인을 향해 (특히 양어머니에게) 뾰족하게 굴 때도 있지만 영화 후반부에서 알 수 있듯이 안나는 자기 자신을 가장 혐오하고 미워하는 사람이었다.

살다 보면 여러 가지 성격을 가진 사람들을 만나게 된다. 나와 기질과 성향이 맞지 않아서 불편했던 경우를 제외하고 (이 경우엔 옳고 그름이 아닌 다름에 가깝다.) 특별히 노력하지 않아도 타인을 괴롭게 하는 재주가 있는 사람들을 살면서 한 번쯤 만나봤을 것이다. 나는 모든 관계가 평화롭길 바라기 때문에 그런 유형의 사람들 곁엔 가지도 않고 부딪히게 되더라도 회피해버리곤 한다. 어쩔 수 없이 반드시 만나야 하는 상황일 땐 거의 울며 겨자 먹기로 **관찰자 모드**를 켜고 그냥 지켜보는 쪽을 선택하기도 한다. 보다 보면 내가 이해할 수 있는 단 한 가지라도 보이지 않을까 싶은 마음이지만 보통은 헛수고로 끝나버렸다. 가까이 다가가 그들의 이야기를 들어야 비로소 이해될 텐데 나는 주변을 맴돌며 지켜보기만 하기 때문에 절대로 알아차릴 수가 없다. 대신 그들을 관찰하며 한 가지 알게 된 사실이 있다. 그들은 대부분 자신을 좋아하지 않는 것처럼 보였다는 점이다. 얼마나 자신을 싫어하는지 정확히 알 순 없었지만, 하나같이 자신을 마음에 들어 하지 않는 듯 보였다.

안나는 위에 묘사한 사람들과는 좀 다르다. 이들의 뾰족한 '모'는 밖을 향하고 있었고 보통 자기보다 약한 사람을 향하고 있었지만, 안나의 '모'는 대부분 자신을 향한다. 그래서 나는 영화를 보면서 좀 많이 슬펐다. 치유되기 이전의 안나가 나의 어린 시절과 많이 닮았기 때문이다. 안나에게 그건 네 잘못이 아니라고, 그러니 자신을 사랑하고 돌봐주라고 이야기해주고 싶었다. 자기 자신을 사랑하지 못하는 사람은 자기를 괴롭히고 방치한다. 그리고 사람들 사이에서 자신을 고립시킨다. 어린 시절의 나처럼, 안나처럼 말이다.

마니

자신을 좋아하지 않기 때문에 남을 좋아할 엄두도 내지 못했던 안나의 마음에 마니가 들어왔다. 마니는 안나가 세운 벽도 쉽게 허물어뜨리는 그런 사람이었다. 예쁘고 다정한데 편견 없이 안나를 바라봐주는 사람. 사방에 벽을 치던 안나가 마니를 너무 쉽게 좋아해버려서 조금 놀랐지만, 영화의 후반부에서 밝혀지는 내용들을 보면 모두 이해가 된다. 마니는 안나가 만들어낸 환상 속의 인물이었지만 안나의 인생에 존재했던 중요한 사람이었다. 모든 사실을 알고 이해하게 되었을 때, 안나는 비로소 자신이 사랑받았던 존재라는 사실을 깨닫는다. 사실 이 반전은 단순한 '충격용'이 아니라 작품의 주제를 완성하는 중요한 요소다. 마니가 안나의 외할머니였다는 사실은 '사랑은 시간과 공간을 초월한다'는 메시지를 전달한다. 안나는 자신도 모르는 사이에 혈연의 기억을 통해 마니와 연결되었고, 그 연결은 안나가 자신의 뿌리와 정체성을 찾는 여정이 되었다. 이 반전은 또한 '기억의 치유력'을 보여준다. 안나가 마니와의 '기억'을 통해 자신의 상처를 치유했듯, 우리도 때로는 과거로 돌아가 잊었던 사랑의 순간들을 되찾을 때 현재의 상처를 치유할 수 있게 된다.

나는 〈추억의 마니〉에서 이 부분이 가장 좋다. 인생에서 나를 진심으로 사랑해주는 단 한 사람만 있다면 내 삶의 모든 부분에 의미가 생겨나고 생명력이 부어져 결국 '나를 좋아하는 사람'으로 변화할 수 있다는 사실이 좋다. 그 변화는 자신을 좋아하게 만드는 것을 넘어서 타인에게도 기꺼이 마음을 줄 수 있는 힘을 가진 변화다. 친구로서의 마니도, 할머니로서의 마니도 안나를 성장시키고도 남을 만한 사랑을 가진 존재였다. 자기 자신 안에 있던 사랑의 씨앗이 안나를 살렸다는 사실을 마니는 경험하지 못한 채 세상을 떠났지만 나는 꼭 마니가 이 사실을 알았으면 좋겠다. 자신의 우울하고 불안했던 시절과 질병으로 인해 자녀에게 오해받고 거절당했던 시절까지 평탄치 않은 삶을 살았던 마니다. 어린 손녀를 두고 세상을 떠나야 하는 고통을 겪은 마니. 그러나 마니의 인생은 안나로 인해 해피엔딩으로 마무리되었다.

누군가에게 사랑을 주는 일이 얼마나 아름답고 신비한 일인가! 사랑을 받아본 사람만이 사랑을 줄 수 있다고 생각했는데 마니의 삶을 보면서 꼭 그런 것만은 아닐 수 있겠다는 사실에 안도했다. 가장 좋은 것은 사랑을 서로 주고받으며 성장해 나가는 것이겠지만, 마니처럼 이런 조건이 성립되지 않아도 먼저 주는 사랑이 언제나 존재했기 때문에 인류가 지금까지 이어져 왔던 게 아닐까?

국민 가정식 샐러드

한국에서는 보통 한식보다는 서양식으로 먹을 때 샐러드를 곁들인다. 집밥을 먹을 때는 함께 먹을 음식의 종류에 따라 샐러드를 먹기도, 먹지 않기도 한다. 일본은 좀 다르다. 내가 좋아하는 모든 일본 영화나 애니메이션에 등장하는 식사에는 대부분 샐러드가 나왔다. 아주 간단한 채소 샐러드부터 여러 가지 재료들을 더한 샐러드까지 정말 다양한 종류의 샐러드가 등장했다. 서양 음식을 먹는 경우가 아닐 때도 샐러드를 곁들였다. 지브리 애니메이션도 마찬가지로, 집밥을 먹는 상황에서는 늘 샐러드가 함께였다. 〈추억의 마니〉에서는 **좀 더 본격적이고 화려한 샐러드가 나온다.** 해안 도시 삿포로가 배경인 만큼 신선해 보이는 각종 해산물과 찐 단호박, 갖가지 채소와 콩이 들어 있는 연두부 샐러드는 메인 메뉴와 비슷한 크기의 유리 볼에 담겨 나온다. 크기가 모든 걸 설명하진 않지만, 이 영화에 나오는 샐러드는 메인 메뉴를 보조하는 음식이라기보단 메인 메뉴를 더 돋보이게 하는 비중 있는 음식이다.

각종 채소와 콩을 곁들인 연두부 샐러드 만들기

재료: 연두부, 삶은 풋콩, 여러 색 방울토마토, 적양파, 양상추, 블랙 올리브, 드레싱

※ 샐러드 재료는 원하는 크기로 손질하면 된다. 드레싱 재료 또한 취향에 따라 양을 조절하자. 일본을 대표하는 특색 있는 드레싱을 만나볼 차례!

[간장 드레싱 만들기(2인분 분량)]

간장 1.5숟가락, 식초 1.5숟가락, 참기름 1.5숟가락, 올리고당 또는 꿀 1.5숟가락, 다진 마늘 0.5숟가락, 볶은 깨 0.5숟가락을 그릇에 넣어 섞는다.

[유자 드레싱 만들기(2인분 분량)]

유자즙 3숟가락, 간장 1.5숟가락, 올리고당 또는 꿀 1.5숟가락, 올리브 오일 3숟가락, 소금 약간, 후추 약간을 그릇에 넣어 섞는다. 마무리로 소금과 후추를 약간 넣는다.

[미소 드레싱 만들기(2인분 분량)]

미소 된장 1.5숟가락, 식초 3숟가락, 올리브 오일

3숟가락, 올리고당 (또는 꿀) 1.5숟가락, 참기름 0.5 숟가락, 다진 마늘 0.5숟가락을 섞는다.

[참깨 드레싱 만들기(2인분 분량)]
참깨 4숟가락, 마요네즈 1~3숟가락, 간장 5숟가락, 설탕 3숟가락, 식초 8숟가락, 참기름 1숟가락을 믹서기에 넣고 갈아순다.

※ TIP
샐러드와 함께 먹을 음식에 따라 드레싱을 고르는 것도 방법! 〈추억의 마니〉에서처럼 해산물과 함께 먹는 샐러드라면 유자 드레싱을 추천한다.

그러나 무엇보다도 취향이 가장 중요하니까, 원하는 대로 골라서 즐기자!

여름에 먹어야 더 맛있는 차가운 별미

항상 먹는 밥과 반찬들엔 좀처럼 식욕이 생기지 않고, 그냥 오늘은 안 먹는 게 낫겠다 싶은 그런 날이 있다. 특히 더운 여름날이면 머릿속에 좋아하는 음식들을 떠올려봐도 좀처럼 먹고 싶다는 생각이 나지 않는다. 그렇게 아무 음식도 나를 움직이지 못할 것 같다고 생각하는 그때, 나를 움직이는 음식은 딱 하나다. 바로 동치미국수!

엄마가 만든 동치미는 이상하리만큼 맛있다. 나는 음식을 꽤 잘하는 편이라 먹어본 음식은 대부분 재현해내는데, 엄마의 동치미는 따라 만들 수가 없다. 맛 내기로 고추, 쪽파 정도가 들어가고 양념에도 별다른 게 들어가지 않는데 정말 이상하게도 너무 맛있다. 특별한 비법이 따로 없는 엄마의 동치미는 국물 맛이 정말 최고인데, 속이 뻥 뚫릴 정도로 시원하고 깔끔한 맛이 난다. 너무 더워서 입맛을 다 잃어버렸을 때 엄마가 만든 동치미 국물을 냉동실에 잠깐 넣어뒀다가 살얼음이 살짝 생겼을 때 꺼내 소면을 말아 먹으면 아주 기가 막힌다. 고명을 따로 준비할 필요도 없다. 그저 동치미 무를 채 썰어 올리면 충분하다.

일본은 꽤 더운 나라이기 때문에 '히야시(冷や
し, 차게 한 것)'라는 단어가 붙은 찬 음식이 많다.
여름이 배경인 영화, 드라마, 애니를 보면 찬 음식
이 정말 많이 나온다. 지금 소개할 히야시소멘(냉
소면)도 여기저기 안 나온 데가 없을 정도로 많이
등장하는 음식이다. 더우면 먹는 것도 싫어지지만
움직이는 것도 싫어진다. 움직이면 더우니까 말이
다. 여름에 부엌에서 요리해본 사람은 알 것이다.
가스불을 켜는 것 자체가 얼마나 더위에 더위를
더하는 일인지 말이다. 그래서 무더위엔 무조건
간단하고 시원한 음식을 먹어야 한다. 그건 어느
나라에서든 **국룰**이다. 내가 여름에 동치미국수를
찾는 것처럼 일본사람들도 히야시소멘을 찾는다.

히야시소멘 만들기

재료: 소면, 멘쯔유, 토마토, 오이
　① 토마토, 오이를 원하는 크기로 썬다.
　② 소면을 삶아 찬물에 헹군 후, 채반에 담아 물
　　기를 뺀다.
　③ 멘쯔유를 작은 그릇에 원하는 양만큼 담고,
　　소면과 준비한 채소를 곁들여 먹는다.
※ 브랜드, 종류에 따라 멘쯔유를 물에 희석해야 할 수
　도 있으니, 집에 있는 멘쯔유 사용법을 확인하자!

23
셰퍼드 파이는 정말 맛있다

아야와 마녀(2020)

소통하며 성장할 때 비로소

원제: アーヤと魔女, Earwig and the Witch
감독: 미야자키 고로
일본 개봉일: 2020. 12. 30. (NHK 종합TV 방영)
국내 개봉일: 2021. 6. 10.
상영시간: 82분
원작·각본: 다이애나 윈 존스(원작: Earwig and the Witch), 니와 케이코·군지 에미(각본)
배경: 1990년대 영국, 음식은 주인공 아야가 마녀의 집에서 겪는 억압과 자유의 상징으로, 원하는 것을 스스로 쟁취하려는 태도를 반영한다.
주요 등장인물: 아야(고아 소녀), 벨라 야가(마녀), 맨드레이크(마법사), 토마스(검은 고양이)

〈아야와 마녀〉는 지브리 팬들 사이에서도 평가가 엇갈리는 작품이다. 그도 그럴 것이 전형적인 지브리 스타일이 아니기 때문. 〈아야와 마녀〉는 지브리가 처음으로 선보인 3D CG 애니메이션으로 미야자키 고로가 감독을 맡았다. 나는 아버지 미야자키 하야오의 천재성에 가려져 저평가받고 있는 고로가 원래 하던 건축 일을 계속 하는 편이 그의 인생에 더 나은 선택이 아니었을까 생각한 적도 있다. 하지만 〈아야와 마녀〉를 보고 이쪽도 나쁘지 않을 것 같다고 생각하게 되었다. 이 작품은 시각적 완성도가 낮다거나 스토리 면에서도 부족한 점이 있다는 것을 나도 일정 부분 인정한다. 그래도 나는 〈아야와 마녀〉를 아주 아주 재밌게 보았고 부족한 부분이 딱히 거슬리지 않았다. 그렇다면 나는 왜 이 영화가 재미있게 느껴졌을까? 그 이유는 아야라는 캐릭터 때문이었다. 엄마에게 사정이 생겨 문제가 해결될 때까지 아야는 보육원에 맡겨진다. 그 이유가 납득이 되고, 합리적인 선택일수도 있겠지만 어찌 됐든 아야는 어린 시절부터 엄마와 분리되어 사는 어려움을 겪는다. 아야는 다행히 보육원 원장 선생님이나 다른 사람들에게 많은 사랑을 받고 자란다. 하지만 이후 마녀 벨라와 악마 맨드레이크에게 입양되어 감금당한 채로 온갖 궂은 일을 하며 지내게 된다. 이런 전개의 이야기라면 처음엔 약하고 여린 어린아이였지만 어려움을 만나 역경을 헤쳐나가 비로소 강해지는 전형적인 캐릭터(〈센과 치히로의 행방불명〉처럼)로 설정해놓을 수도 있겠으나, 아야는 그냥 처음부터 독립적이면서 강한 캐릭터다. 벨라와 맨드레이크가 보통의 인간이 아니니 무서울 법도 한데 영화를 보는 내내 아야가 움츠러들거나 가여워지는 장면은 나오지 않는다. 아야는 하고 싶은 말이 있으면 하고, 마음에 들지 않으면 말로, 표정으로 모두 표현하는 그런 아이였다. 벨라를 향해 투덜대거나 항의하기도 하지만 시킨 일은 아주 야무지게 해내는 아이이기도 했다. 또한 벨라가 지렁이 벌을 내릴 것에 대비해 자신을 보

호할 수 있는 마법 약을 몰래 만들어내기도 했고, 마녀도 무서워하는 맨드레이크에게 서슴없이 다가가기도 했다. 결국 아야는 '아야츠루'라는 이름답게 (조종한다는 뜻) 마녀 벨라와 악마 맨드레이크의 마음을 사로잡아 보육원에 있을 때보다 더 행복하고 활기찬 삶을 획득해 감금 생활에서도 벗어난다.

나는 지브리 여자 캐릭터 중 치히로를 가장 좋아했다. 본래는 약하지만 주어진 환경을 피하지 않고 부딪혀 극복해내려는 용기와 그 과정에서 결국 성장하는 모습이 마음에 들었기 때문이다.

나도 그렇게 살고 싶다는 바람도 있었다. 지금도 치히로를 좋아하지만, 아야를 보고 나니 내가 강하고 독립적인 캐릭터에 본능적으로 반응하고 있음을 알 수 있었다. 어린 시절 보육원에 맡겨졌고, 아야를 입양한 마녀는 아주 **모옷된**(!) 마녀이기 때문에 아야라는 캐릭터를 한없이 슬프고 가엽게 그려낼 수도 있었을 텐데 이토록 용감하고 거침없이 풀어내다니! 영화를 다 보고 난 뒤에 내가 느낀 감정은 '시원함'이었다. 해피엔딩이 주는 그 이상의 감정, 그 이상의 희열이었다.

어른들이 아이들에게 자주 사용하는 이것

마녀 벨라가 아야와 고양이 토마스에게 자주 반복해서 하는 말이 있다. '지렁이 벌'을 주겠다는 말이다. 무언가를 시켜놓고 제대로 하길 바라거나, 자기 말을 잘 듣게 하려는 협박용이다. 지렁이를 먹일 거라며, 그것도 무지막지 큰 파란색과 보라색 지렁이를 잔뜩 먹일 거라고 주의를 준다. 토마스는 실제로 벌을 받아본 적이 있는지 '지렁이 벌'이라는 말에 치를 떤다. 아야는 직접 당해보진 않았지만, 토마스의 증언을 통해 그것이 끔찍한 벌임을 인식하고 있다.

벨라가 하는 협박용 말을 듣고는 살짝 뜨끔했다. 심한 위협까진 아니어도 아이들이 내 지도를 잘 받아들이지 않을 때 계속 그런 행동을 반복하면 무엇무엇을 못 하게 한다는 식의 말을 자주 했기 때문이다. 보통 '무엇무엇'에 해당하는 것은 아이가 좋아하는 것이고 이 말을 들은 아이는 자신이 좋아하는 걸 하지 못하게 될까 봐 억지로 나의 요구대로 움직이곤 했다. 나는 아이에게 좋아하는 걸 못 하게 하겠다는 협박을 했고, 벨라는 아야에게 싫어하는 걸 겪게 하겠다는 협박을 했다. 나의 협박과 벨라의 협박에 강도의 차이는 있겠지만 아이들에게 이 두 가지는 모두 자신을 힘들게 하겠다는 뜻으로 여겨질 것이다. 좋아하는 일을 못 하게 하든 싫어하는 일을 겪게 하든 결국 너를 괴롭게 하겠다는 뜻일 테니 말이다.

생각해보니 나도 어릴 때 많은 협박에 노출되었던 것 같다. 고등학교 때 제일 싫어했던 말은 "자꾸 그러면 친구들 못 만나게 한다."는 말이었다. 엄마가 그렇게 하지 못할 걸 알았지만 그래도 그 말을 듣는 순간만큼은 너무 싫었던 기억이 난다. 부모가 된 지금 생각해보니 오죽했으면 엄마가 그런 말을 했을까 싶어 이해가 되기도 하지만, 아야가 벨라의 위협이 아니라 맨드레이크와의 정서적 소통을 통해서 성장했다는 점은 내게 많은 교훈을 준다. 강압적인 소통은 하지 않는 편이 낫고, 무언가 요구하고 가르치려거든 맨드레이크처럼 아이의 호감을 얻고 좋은 관계를 형성하는 것이 선행되어야 한다.

영국 음식은 맛없다?

흔히 영국 음식은 맛없다고 알려져 있다. 편견인 건가 싶긴 해도 '영국' 하면 떠오르는 대표 음식이 없는 건 사실이다. 하지만 〈아야와 마녀〉에 나오는 셰퍼드 파이shepherd's pie는 정말 맛있다. 셰퍼드 파이는 영국의 가정식으로, 간 양고기와 채소를 함께 볶다가 으깬 감자를 얹어 오븐에 구워내는 밀가루 없는 파이다. 원래는 양고기를 사용하지만, 미국으로 건너가면서 소고기로 변형되었고 지금은 '코티지 파이cottage pie'라고 불리기도 한다. 재료나 레시피가 단순한 데에 비해 만들어놓으면 모양새가 그럴듯해서 손님용으로도 좋고 만들기 쉬워 실패 확률이 적은 음식이기도 하다.

셰퍼드 파이 만들기

재료: 다진 소고기(또는 양고기) 500g, 다진 마늘 1숟가락, 양파 1개, 당근 1개(작은 크기), 완두콩 반 줌, 토마토 홀 1/4캔, 타임과 로즈메리 잎 약간, 레드와인 2/3컵, 치킨스톡, 우스터소스 2숟가락, 소금 0.5숟가락, 후추, 올리브 오일 약간

매쉬드 포테이토 재료: 감자 900g, 버터 50g, 계

란노른자 2개, 파르미미지아노 레지아노 치즈[46] (갈아서) 4숟가락, 소금, 후추 약간, 우유나 생크림 약간 (고든 램지의 레시피를 약간 변형)

① 올리브 오일을 두른 팬에 다진 마늘, 양파, 당근, 완두콩을 차례로 넣어 볶는다. 재료가 어느 정도 익으면 다진 고기, 소금, 후추를 넣고 함께 볶는다.

② 고기가 대충 익으면 토마토 홀, 허브, 우스터 소스를 넣어 잘 섞는다. 이어서 레드와인과 치킨스톡을 넣고, 소금으로 간한 뒤 중약불 에서 국물이 줄어들 때까지 저으며 끓인다.

③ 삶아서 대충 으깬 감자에 버터, 달걀노른자, 간 치즈, 소금, 후추를 넣어 섞는다. 감자 반 죽이 너무 뻑뻑하면 우유나 생크림을 조금 씩 부어가며 섞어준다.

④ 오븐용 용기에 고기 필링을 깔고, 그 위에 매쉬드 포테이토를 고르게 펴 얹는다. 포크 로 표면에 무늬를 내고, 치즈를 갈아 뿌린 뒤 180도로 예열된 오븐에서 20분간 굽는다.

---

46 파르미지아노 레지아노(Parmigiano Reggiano)는 이탈리아 특 정 지역에서 생산되는 경성 치즈로, '파마산 치즈'라는 이름으로도 알려져 있다.

24
갓 구운 빵에 얹은
그리움의 기억
그대들은 어떻게 살 것인가(2023)

맛있다고 생각했던 인생 음식을 떠올려봐
거기엔 분명히 기억도 함께 담겨있을 테니

원제: 君たちはどう生きるか, The Boy and the Heron
감독: 미야자키 하야오
일본 개봉일: 2023. 7. 14.
국내 개봉일: 2023. 10. 25.
상영시간: 124분
원작·각본: 미야자키 하야오
배경: 제2차 세계대전 중 일본, 제2차 세계대전 중 일본. 음식은 전쟁의
결핍과 가족의 식탁을 통해 삶의 고통과 연대를 상징하며, 마히토의
성장 과정과 맞물린다.
주요 등장인물: 마키 마히토, 왜가리, 나츠코(마히토의 새엄마),
히미(이세계에서 만난 소녀)

〈그대들은 어떻게 살 것인가〉는 천재 할아버지가 10년 만에 내놓은 장편 영화로, 무려 은퇴까지 번복하고 내놓은 작품이다. 영화 개봉 전 지브리는 홍보를 위해 왜가리가 그려진 포스터 한 장을 공개하였는데, 포스터 이외엔 그 어떤 정보도 제공하지 않았다. 2017년, 영화 제작을 발표했을 때도 『그대들, 어떻게 살 것인가』(1937)[47]라는 책이 주인공에게 큰 의미를 갖는다고만 밝혔었다. 그래서 개봉일이 다가올수록 팬들의 궁금증과 기대감이 하늘을 찌를 듯 높아졌고 영화 정보가 베일에 싸

47　『그대들, 어떻게 살 것인가(君たちはどう生きるか)』는 일본 작가 요시노 겐자부로(吉野源三郎, 1899~1981)가 집필한 청소년 교양 소설이다.

여 있었기 때문에 오히려 홍보가 됐다.

그때 나는 개봉일만 눈 빠지게 기다렸다. 한국보다 일본에서 먼저 개봉했기 때문에 얼마든지 후기를 찾아볼 수 있었지만 보지 않았고, 자칫 SNS라도 잘못 보면 강제 스포를 당할 수 있기 때문에 모든 것을 끊고 기다렸다.

드디어 개봉 당일! 영화의 시작을 알리며 토토로가 하늘색 배경의 스크린을 가득 채웠을 때, 내가 느꼈던 감정을 뭐라고 설명해야 할까? 〈이웃집 토토로〉를 본 그날부터 지금까지 내가 사랑하는 지브리 작품들이 머릿속을 스쳐 갔다. 뭐 이렇게까지 좋아하냐고 하겠지만, 나에게는 토토로만 봐도 울컥하는 그런 애틋함이 있다. 게다가 다시는 보지 못할 줄 알았던 미야자키 하야오의 영화다. 어쩌면 그의 마지막 작품이 될지도 모르는 영화를 보게 됐는데 어떻게 감격하지 않을 수 있을까.

무슨 내용이었지…?

내가 영화를 다 보고 나와서 제일 먼저 든 생각이 바로 '무슨 내용이었지?'였다. 하늘색 스크린만 봐도 울컥하는 내가 지브리 영화를 보고 이렇게 마음이 움직이지 않았던 적이 있었나? 내가 뭘 본 거지?

이실직고하겠다. 나는 중간에 집중력이 흐트러

져 줄 뻔하였고, 영화를 다 보고 나서도 도대체 무슨 내용이었는지 정리가 되지 않아 대혼란에 빠졌었다. 내가 제대로 본 게 맞다면 마히토의 아버지는 마히토의 이모와 재혼했다. 영화의 내용이 이해가 안 되는 것도 당황스러운데, 남아 있는 기억이 주인공 아버지가 처제와 결혼했다는 내용뿐이라니 실소가 터져 나왔다. 나는 이날 감독이 영화에 담아내고자 했던 메시지 대신 한국인의 보편적인 감수성만 재차 확인하고 돌아왔고, 이후에도 제대로 이해되지 않았던 내용들을 확인하기 위해 영화관에 여러 차례 가야만 했다. (하긴… 감독 본인도 잘 모르는 부분이 있다고 밝혔는데, 내가 뭐라고 완벽하게 이해할 수 있을까.)

이 영화는 곧 미야자키 하야오다

마히토가 처음 등장하는 장면을 보고, 나는 저절로 알았다. 마히토가 바로 미야자키 하야오구나! 고집스러운 눈썹, 강렬한 눈빛 등 풍기는 인상이 그냥 미야자키 하야오였다.

일단 남주가 미야자키 하야오였기 때문에 캐릭터 자체가 매력적으로 다가오진 않았다. 마히토는 까칠하고 속내를 쉽게 알아차릴 수 없는 성향으로, 관객이 쉽게 감정이입하기 어려운 캐릭터다. 또한 나츠코(새어머니), 왜가리, 와라와라(わら

わら)[48] 등 다른 캐릭터들도 지브리의 이전 작품에 등장했던 개성 강한 캐릭터들에 비해 기억에 남지 않았다. '와라와라'라는 귀여운 캐릭터가 등장하지만, 존재감이 별로 없어서 토토로나 가오나시처럼 강렬한 인상을 주지 못했고 곧 기억에서 사라졌다. (등장인물에 대한 이야기나 상징과 비유에 대한 해석들은 잘 설명되어 있는 영상들이 많으니 한번 찾아보길 바란다.)

〈그대들은 어떻게 살 것인가〉를 단어 하나로 설명하라고 한다면 '의미'라는 단어를 선택하고 싶다. 내가 생각하는 이 영화는 미야자키 하야오 그 자체였다. 감독은 영화를 통해 자신의 삶을 쭉 돌아본 듯하다. 감독은 자신의 방대한 삶에 담긴 의미를 이 영화 한 편에, 한번에 담아낸 듯했다. 그러니 가끔 개연성 없는 장면도 있고, 감독 자신도 이해되지 않는 장면도 있는 거였다. 그저 보는 이에게, "나는 이런 사람이고 이런 선택을 하며 살았어. 내가 걸어온 길이 완전히 옳다고 할 순 없지만, 내 선택이 적어도 나에게만큼은 의미 있는 선택이었어."라고 이야기해주는 듯했다. 할아버지가 자기 손주를 무릎에 앉혀놓고 자신이 어떻게

---

48   와라와라는 작은 영혼 같은 존재들로, 새하얀 아기 형상을 하고 있다. 영화 속에서 죽은 아이들의 영혼을 상징하며, 순수하고 연약한 생명을 은유하는 캐릭터로 묘사된다.

살았는지 이야기해주는 그런 느낌이랄까. 그래서 영화를 보는 내내, 조금 슬펐달까? 뭔가 다시는 미야자키 하야오의 영화를 보지 못할 것 같다는 생각에 벌써부터 그리워지는 기분이었다.

미야자키하야오

미야자키 하야오는 1941년, 제2차 세계대전 중 일본 도쿄에서 태어났다. 영화에서 마히토는 전쟁으로 인해 피난을 떠나게 된다. 미야자키 하야오 역시 유년기 시절 우쓰노미야시(宇都宮市)[49]로 피난을 떠났다고 한다. 당시 그의 아버지 미야자키 카츠지(宮崎勝次, 1914년생)는 전투기 부품을 만드는 회사(미야자키 항공)를 운영했는데, 그 덕분에 미야자키 가족은 전쟁 중에도 비교적 풍족한 삶을 살았다고 전해진다. (영화 속 마히토의 아버지 쇼이치는 실제 하야오의 아버지를 모티브로 한 캐릭터다.) 하지만 그는 이런 환경에서 자란 탓에 아버지와 주변 인물들에게 불만이 많았다고 알려져 있다. 이러한 성장 배경은 그에게 상당한 부채감을 안겨주었고, 그의 작품 세계에도 깊은 영향을 미친다.

미야자키 하야오의 어머니 미야자키 요시코(宮崎美子, 1910년생)는 그가 여섯 살 때 병을 얻어 9년

---

49 일본 도치기현(栃木県)의 현청 소재지로, 교통의 중심지이자 교자(餃子)로 유명한 도시이다.

간 병상에 누워 있었다고 한다. 그래서 그는 어머니 곁에 가까이 다가가지도 못하고 자랐다. 영화에서는 마히토가 어머니를 그리워하는 장면이 꽤 많이 나오는데, 감독이 어린 시절 느꼈던 어머니를 향한 애틋함을 그대로 담아낸 것 같았다. (다행히도 그의 어머니는 건강을 회복해 73세까지 장수했다.)

앞서 이 영화를 한 단어로 설명한다면 '의미'라는 말로 설명할 것이라고 밝혔다. 하지만 사실은 '엄마'라는 단어를 가장 먼저 떠올렸었다. '의미'라는 단어에 '엄마'도 포함될 수 있겠지만. 그만큼 주인공 마히토의 이야기는 온통 엄마로 채워져 있다. 엄마를 잃어 슬펐고, 새엄마가 엄마를 닮아 싫었고, 왜가리가 자꾸 엄마 이야기를 해서 거슬렸고, 엄마가 자신에게 남긴 책을 보고 난 후 새엄마를 찾으러 갔고, 엄마가 죽었다는 건 알지만 혹시나 하는 마음에 탑으로 들어간다. 이 영화에서 '엄마'라는 단어를 빼면 아무것도 남지 않는다. 주인공 마히토에게 엄마는 그런 존재였다.

미야자키 하야오에게도 엄마라는 세계는 상당히 컸던 모양이다. 어머니가 그의 삶에, 그의 작품에 미친 영향은 대단했다. 그의 어머니는 책을 좋아하는 씩씩하고 활발한 성격의 소유자였는데, 아들들을 혼낼 때는 호통을 치고 화를 내는 대장부 스타일이었다고 알려져 있다. 〈천공의 성 라퓨타〉

에 등장하는 해적 도라가 그의 어머니 성격을 반영한 캐릭터라고 하던데, 사실 그의 작품 속 강한 여성 캐릭터들은 모두 그의 어머니와 닮아 있다.

미야자키 하야오는 아버지의 (부정적인) 모습을 통해 올바른 신념과 가치관이 생겼고, 어머니의 모습을 통해 새로운 여성관을 확립하게 되었다. 누구보다 소유를 가치 있게 여긴 아버지와 같은 길을 걸을 수도 있었고, 시대상을 벗어난 어머니를 보고 이상하다고 여길 수도 있었지만, 그는 다른 길을 선택했다. 그의 모든 선택은 미야자키 하야오라는 사람을 만들었고, 그의 작품을 만들어냈다.

미야자키 하야오가 선택한 것들

그의 메시지에는 모두 의미가 담겨 있다. 그가 오랜 시간을 살아오면서 결정했던 크고 작은 선택들에는 모두 그 나름대로 의미가 있었고, 그 의미들이 모여 미야자키 하야오를 만들었다.

미야자키 하야오는 자연과 인간의 공존, 전쟁의 참혹함과 평화의 중요성, 인간의 욕망, 선과 악의 정의, 환경 파괴, 자본주의의 문제점, 개인의 성장, 인간의 꿈 등에 대해 끊임없이 질문하고 선택하는 삶을 살았다. 그리고 그는 마침내 마지막 영화(가 될지도 모르는) 〈그대들은 어떻게 살 것인가〉에서 마히토와 증조부의 대화를 통해 자신이 가장 의미 있다고 여기는 것에 관해 이야기한다. 마히토의 증조부는 마히토에게 블록을 보여주며 악의에 물들지 않은 돌로 자신만의 탑을 쌓도록 권한다. 풍요롭고 평화로우며 아름다운 세계를 만들라는 말에 마히토는 그 돌을 만질 수 없다며 '나츠코 엄마'와 자신의 세계로 돌아가겠다고 한다. 증조부는 서로 죽이고 빼앗는 어리석은 세계, 곧 불바다가 될 세계로 돌아가 친구를 만들겠다는 마히토를 이해하지 못한다. 이는 미야자키 하야오가 평생 추구해온 가치관을 보여주는 중요한 장면이다. 현실 세계의 불완전함과 악의를 인정하면서도, 그 안에서 친구와 관계를 통해 의미를 찾아가겠다는 마히토의 결단은 미야자키 하야오가 걸어온 길이기도 하니까 말이다.

미야자키 하야오가 영화를 통해 '세상은 악의로 가득 차 있고 불완전하지만 그럼에도 불구하고 상처와 결핍으로 가득한 세상 속에서 친구를 만들고 이들과 함께 살아가는 것은 충분히 의미 있는 삶이다.'라고 말해주는 것 같았다.

글자를 쓰는 것이 서툴러 삐뚤빼뚤 적은 '엄마 사랑해'라는 아이의 글, 부족한 요리 실력으로 요리를 망쳤지만 가족을 향한 마음만큼은 최고인 아빠의 식탁, 겉은 멍들었지만 무엇보다 달콤한 과일, 관계 맺는 것이 서툴러 상대의 마음을 상하게 했지만 먼저 용기내어 말한 '미안해'…. 이 외에도 셀 수 없이 많은 불완전하지만 충분히 아름다운 것들이 언제나 내 삶을 풍요롭게 해주었다는 사실이 떠올랐다.

불완전함이야말로 세계가 살아 있다는 증거이고, 불완전한 존재들이 서로 만나 함께한다는 것은 그 자체로 이미 충분한 것이 아닐까.

의미를 담은 음식

내가 초등학교 고학년 때 일이다. 엄마는 홀로 나와 동생을 키우며 낮에는 일하고 밤에는 공부했다. 다행히 엄마의 직장은 집에서 그리 멀지 않은

곳에 있었는데, 외삼촌 회사였기 때문에 나는 동생과 함께 낮에 가끔 찾아갈 수 있었다. 작은 사무실 한편엔 엄마가 간단히 점심을 만들어 먹을 수 있도록 마련된 휴대용 가스버너와 냄비가 있었다. 엄마는 가끔 그곳에서 우리에게 참치를 넣은 고추장찌개를 만들어주었다. 사무실엔 요리에 필요한 조미료나 도구들이 없었기 때문에 채소도 가위로 대충 썰어 넣었고, 고추장도 비닐 팩에 있는 걸 대충 짜 넣었던 것 같다.

나는 그 '대충' 만들어진 고추장찌개를 좋아했다. 그 찌개는 달짝지근하면서도 걸쭉한 게 밥에 넣어 쓱쓱 비벼 먹으면 웃음이 절로 나는 맛이었다. 우리 세 식구가 사무실 구석에 쪼그리고 앉아 고추장찌개를 먹던 기억은 내게 지금까지도 영화의 한 장면처럼 마음에 남아 있다. 고추장찌개라는 음식이 내게 특별한 이유는 '엄마'라는 의미를 담고 있기 때문이다. (가끔 고추장찌개가 먹고 싶어서 비슷하게 끓여보긴 하는데, 그때 그 맛은 나지 않는다. 엄마에게 레시피를 물어보기도 했지만, 엄마도 대충 만든 거라 모르겠다고만 해서서 다시는 못 먹게 될지도 모르겠다.)

이 영화에서도 마히토에게 의미 있는 음식이 하나 등장한다. 바로 마히토의 엄마가 구워주던 빵이다. 마히토는 엄마가 세상을 떠난 후, 다시는 그 빵을 먹을 수 없을 거라 생각했을 것이다. 하지만 그는 다른 세계에서 엄마가 구워준 빵을 다시 맛보게 된다.

우리는 이미 영화가 제공한 정보를 통해 히미가 어린 시절의 히사코(마히토의 엄마)라는 걸 알고 있다. 그래서 이 장면이 우리에게는 그다지 놀랍지 않을 수 있지만, 사실 마히토에게는 그토록 그리워하던 엄마가 만들어준 음식을 다시 한번 먹게 되는 의미 있는 시간이었을 것이다.

정제되지 않은 거친 밀가루로 만든 투박한 빵. 그 위에는 초록색 잎에 싸인 버터가 듬뿍 발려 있고, 그 위에 버터보다 훨씬 많은 양의 잼이 올려져 있다. 이 빵은 마히토에게 그저 버터와 잼이 듬뿍 발린 맛있는 빵이 아니었다. 적어도 마히토에게만큼은 맛 이상의 의미가 있는 빵, 엄마를 상징하는 빵이었다. 히미가 준 빵에서 엄마가 만들어주던 빵과 같은 맛이 났을 때, 마히토는 어떤 기분이었을까? 빵을 먹는 순간에는 몰랐지만, 이후 히미가 자신의 엄마라는 사실을 알았을 때, 그는 어떤 감정을 느꼈을까?

화재로 죽게 될 자신의 미래를 알면서도 마히토를 다시 낳기로 결정하는 히미, 아니 엄마를 바라보며 마히토는 자신의 존재와 의미에 대해 어떤 생각을 품게 되었을까?

그대들은 어떻게 살 것인가?

〈그대들은 어떻게 살 것인가〉는 단순한 판타지가 아니다. 앞서 계속 이야기했듯, 미야자키 하야오가 자신의 삶을 반영한 이야기다.

그가 오랜 시간 품어온 철학적 질문, 가치관, 신념 등이 이 한 편의 영화에 모두 담겨 있다. 이 영화가 난해하게 느껴지는 것은 어찌 보면 당연한 일이다. 고작 40년 남짓 살아온 내가, 온갖 일들을 겪어온 노인의 세계를 어찌 다 이해할 수 있단 말인가? 그러니 우리는 이 작품을 통해 그의 삶을 그냥 있는 그대로 받아들이면 된다.

'아…. 그는 이런 삶을 살았구나.' 하고 말이다.

영화는 "나는 이렇게 살았다."라고 말하면서도 "너는 나처럼 살아라." 혹은 "너는 나처럼 살지 마라." 같은 말은 전혀 하지 않는다. 대신 우리에게 묻는다.

"당신은 어떻게 살고 싶습니까?"

미야자키 하야오는 여든을 넘게 살아가면서 전쟁과 평화, 자연과 기술, 사랑과 상실을 모두 경험했다. 그의 작품 세계는 이러한 경험들로부터 형성되었으며, 〈그대들은 어떻게 살 것인가〉는 그 모든 경험의 집대성이다. 그는 자신의 마지막 작품을 통해 관객들에게 삶의 의미를 스스로 찾아가라는 메시지를 전한다.

　이것이 바로 미야자키 하야오가 평생에 걸쳐 우리에게 전하고자 했던 메시지가 아닐까. 삶은 어렵고 복잡하지만, 우리는 각자의 방식으로 의미를 찾아가며 살아가야 한다는 것. 그리고 그 과정에서 내린 선택들이 모여 우리의 삶을 형성한다는 것. 〈그대들은 어떻게 살 것인가〉는 단순한 질문이 아니라, 우리 모두에게 던져진 영원한 과제다.

　그의 질문에 나는 이렇게 대답하고 싶다.

　"이게 맞는 건지는 잘 모르겠지만, 그냥 주어진 오늘을 살아보겠습니다. 지나간 과거를 후회하거나, 다가오지 않은 미래를 걱정하면서 살지 않고, 그저 내게 주어진 오늘을 살겠습니다. 내가 하는 수많은 선택이 '어떤 나'를 만들어갈지는 아직 알 수 없지만, 그건 그때가 되어봐야 아는 것들이니까, 그러니까 저는, 그저 주어진 오늘을 감사하며 살아보겠습니다."

　(10년 후의 나는 또 다른 대답을 찾게 될까?)

통밀 깜빠뉴 만들기(초간단, 노반죽 레시피!)

재료: 통밀가루 300g, 미지근한 물 240g, 드라이 이스트 6g, 소금 2g, (선택)견과류 50g

① 넓은 볼에 통밀가루, 소금, 드라이 이스트를 담고 고루 섞는다. 이때 이스트와 소금이 직접 닿지 않도록 주의한다.

② 미지근한 물을 넣은 후 주걱을 이용해 날가루가 보이지 않을 때까지만 가볍게 섞는다.

③ 반죽이 담긴 볼을 랩으로 덮고 따뜻한 곳(약 30~40℃)에 40분간 둔다.(1차 발효) 반죽이 원래 부피의 1.5~2배가 될 때까지 발효시킨다.

④ 덧가루를 뿌린 작업대로 반죽을 옮겨 원하는 모양으로 둥글게 성형한다.

⑤ 성형된 반죽에 덧가루를 가볍게 뿌리고, 랩을 씌운 뒤 30분간 2차 발효를 진행한다.

⑥ 오븐을 180℃로 예열한 후, 반죽 윗면에 칼집모양을 내고 오븐에 넣어 20분간 굽는다.

※ Tip

반죽: 물과 가루를 섞을 때 반죽이 질어도 괜찮다. 무리해서 더 반죽하지 않아도 충분한 글루텐이 형성된다.

단면: 빵을 오븐에서 꺼낸 후 식힘망에 올려 충분히 식힌 후에 잘라야 빵의 단면이 예쁘게 나온다.

참고자료

책
· 스즈키 토시오(鈴木敏夫), 『지브리의 천재들(天才の思考
―高畑勲と宮崎駿)』, 문춘신서(文春新書), 2019.
· 스튜디오 지브리(スタジオジブリ) , 『지브리 교과서 10:
모노노케 히메(ジブリの教科書10-もののけ姫)』, 문예춘
추사(文藝春秋), 2015.

영상
· 〈가구야 공주 이야기〉 제작과정, 「笑ってコラえて！ジブ
リ支局リターンズ！『かぐや姫の物語』について深〜
く調べよう」, 니혼 TV 계열사, 2014. 1. 15.
· 〈바다가 들린다〉 공식DVD 특전, 제작 스태프 좌담회(制作
スタッフ座談会), 2003.

기사 및 사이트
· Dan Sarto, "Hayao Miyazaki: The Interview", *Animation
World Network(AWN)*, 2014. 2. 14.
· Dopey, "「ジブリ飯」人気ランキングTOP17！　第
1位は「ハウルの動く城」の「ベーコンエッグ」に

決定！-2021年最新投票結果", *Netolabo*(ねとらぼ), 2021. 6. 5.

· Forsa(フォルサ), "ジブリ飯TOP15: ラピュタパンやハウルのベーコンエッグを抑えて1位に輝いたのは?", 마이나비뉴스(マイナビ), 2022. 11. 1.

· Matt Tyrnauer, "Flight of Imagination", *Vanity Fair*, 2014. 2. 27.

· Ramin Zahed, "Miyazaki Discusses Mature Theme of New Movie", *Animation Magazine*, 2013. 7. 19.

· Wikipedia(Japanese) - 化け狸. https://ja.wikipedia.org/wiki/化け狸